KB093081

# 우리 아빠가 대머리인 이유

어른과 아이가 함께 보는 우화

김 홍 한

## 우리 아빠가 대머리인 이유

| | |
|---|---|
| **지은이** | 김홍한 |
| **초판발행** | 2024년 9월 30일 |
| | |
| **펴낸이** | 배용하 |
| **책임편집** | 배용하 |
| **등록** | 제2021-000004호 |
| **펴낸곳** | 도서출판 비공 |
| | https://bigong.org ǀ 페이스북:평화책마을비공 |
| **등록한곳** | 충남 논산시 매죽헌로 1176번길 8-54 |
| **편집부** | 전화 041-742-1424 전송 0303-0959-1424 |
| | |
| **분류** | 문학 ǀ 우화 ǀ 어른동화 |
| **ISBN** | 979-11-93272-14-5   03810 |

값 10,000원

# 목 차

추천의 글 • 7

거지 이야기 • 11

산 이야기 • 17

뽀족한 돌 이야기 • 24

6학년 3반 • 31

다시 살아난 명필이 • 39

우리 아빠가 대머리인 이유 • 49

우리 집에 오신 임금님 • 54

인간세상을 조심해라 • 62

자평국 기행 • 71

한겨울 밤의 이야기 • 82

죽지 않는 개구리 • 88

검은 하늘 • 102

개미귀신 • 106

연극대본 | 다시 살아난 명필이 • 112

연극대본 | 뽀족한 돌 이야기 • 133

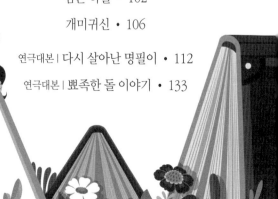

# 여행을 준비하고 있다면 이 책을…

권영춘 옥천 안내초등학교 교사

김홍한 목사님께서 화두를 던지듯 숙제를 내주셨다.

그동안 자신이 쓴 동화 모음집을 읽고, 글을 써 보라는 것이다. 세례 요한의 말씀이 떠올랐다. "나는 그의 신발끈을 풀기도 감당하지 못하겠노라"는 심정이다. 목사님께서는 너털웃음을 지어 보이시더니 괜찮으니 그냥 써보라는 것이다.

유명한 작가도 아닌 시골 초등학교 교사에게 추천글을 써보라고 선뜻 자리를 내주시는 모습에서 목사님의 삶과 글을 엿볼 수 있다.

목사님께서는 자신을 높이는 권위와 가식을 멀리 하신다. 매주 도덕경을 가르쳐주실 때 자신의 권위를 앞세우거나 포장하는 모습을 보지 못했다. 배우는 자리에서 해박한 지식과 입담에 그저 감탄사가 절로 나올 뿐이다. 목사님께서 쓰신 동화글도 높은 위치에서 위엄있게 말씀을 전해주는 것이 아니라, 소소한 일상의 돌과 개구리, 개미귀신 등을 통해서 하늘의 뜻과 삶의 지혜를 넌지시 일러 주신다. 그저 술술 읽다보면 '아하'하고 깨달을 수 있도록 재미있게 풀어 놓으셨다.

목사님을 뵈면 산처럼 보이다가도 바다와 같은 모습을 보일 때가 있다.

세상을 보는 통찰력이나 해박한 지식은 오를 수 없는 높은 산처럼 보이는데, 바다처럼 그저 빙긋이 웃으며 품어주시기도 하는 것이다.

「뾰족한 돌 이야기」나 「죽지 않는 개구리」는 높은 산과 같은 이야기다. 높은 산에 오르듯 천천히 걸으며 '뾰족한 돌'에 걸려 넘어지지 않도록 한걸음씩 집중하며 읽어야 한다. 도중에 잠시 쉬어가며 주위도 살펴보고, 스스로 성찰하는 시간도 가져볼 수 있다. 산에서 내려오면서 '왜 개구리가 죽을 수 없는가' 화두를 풀 듯 곰곰이 묵상하며 걸으면 좋겠다.

「거지 이야기」나 「우리 아빠가 대머리인 이유」는 넓은 바다 같아서 물놀이 하듯 재미있게 읽을 수 있다. 이 동화는 우리 아들을 불러 앉히고 너스레를 떨며 이야기해주고 싶다. 함께 유쾌하게 웃으며 이 아빠가 위기에 처한 지구를 구한 무용담을 들려주고 싶은 것이다.

평소 종종 다투는 아내를 위해서는 「거지 이야기」를 들려줘야겠다. 싸워서 사이가 좋지 않을 때는 자유로운 영혼인 거지가 부러울 때도 있지만, 막상 잔소리 차려주는 아내가 없다면 인생에 무슨 살맛이 있을까 싶다.

그리하여 거지도 외로움을 이겨내기 위해 머릿니와 함께 동고동락하는 삶을 선택한 것이다. 이 세상 만물 그 무엇도 함부로 재단하거나 간택하여 제거하거나 적대시하지 말아야겠다. 거지와 머릿니가 함께 어울리는 동화같은 삶이 재밌지 않을까 싶다.

산과 바다로 여행을 준비하고 있다면 김홍한 목사님께서 쓰신 동화책을 가방에 챙기면 좋을 것 같다. 동화 여행 후 삶이 더욱 풍성하고 깊어질테니까.

# 거지 이야기

옛날에 한 옛날에 어떤 거지가 살았어요. 그 거지는 참으로 행복했답니다.

배고프면 얻어먹고 못 얻어먹으면 굶고, 배부르면 이것저것 많이 생각하고 생각하다 피곤하면 자곤 했습니다.

그 거지는 자기가 너무 행복하다고 생각했습니다.

그런데 한 가지 괴로운 일이 있었습니다.

바로 이라는 놈 때문입니다.

온 몸을 기어 다니며 뜯어먹는 벼룩하고 비슷한 놈입니다.

이놈들이 시도 때도 없이 몸을 갉아먹으니 가려워서 견딜수가 없었습니다. 그래서 하루종일 긁적긁적하는 것이 일이었습니다. 어느 날 밥을 실컷 얻어먹고 난 거지가 양지바른 곳에 누워서 잠을 자려 하는데 몸이 근질근질했습니다.

"옳지, 심심한데 이 사냥이나 해야겠다."

하고는 옷을 벗어서 이를 잡기 시작했습니다.

제일 먼저 눈에 띄는 커다란 이를 잡아서 손톱으로 꾹 눌러 죽이려 하는데 불쌍한 생각이 들었습니다.

이놈도 먹고살려고 세상에 태어났는데 이렇게 허망하게 죽일 수는 없다는 생각이 들었습니다.

그래서 뭐 좋은 수가 없을까 생각하다가 조그만 주머니를 하나 만들었습니다.

그 주머니에 이를 잡아넣기 시작했습니다.

밥 먹고 나면 주머니를 열어서 이를 풀어 놓아주었습니다.

이가 얼마를 뜯어먹고 나면 또 잡아서 주머니에 넣었습니다.

나도 하루 세 끼 먹으니 너희들도 하루 세 끼만 먹으라는 심산이었습니다.

밥 먹고 하는 일이 매일 이 짓이었습니다.

이러한 일은 한 3년 계속되었습니다.

그러는 동안 이들은 훈련이 되어서 주머니를 열면 일제히 나가서 뜯어먹고 다시 모두 주머니로 돌아왔습니다.

이제는 하루종일 몸을 극적이지 않아도 됩니다.

이들이 식사하는 잠시 동안만 참고 견디면 되었습니다.

그리고는 어느덧 이들과 정이 들어서 그놈들이 꼼지락거리는 것이 귀엽기까지 하였습니다.

어느 날이었습니다.

이들이 나와서 식사할 시간이 되었는데 몸이 가렵지가 않았습니다.

한참을 기다려도 아무 소식이 없었습니다.

거지는 주머니를 열어서 속을 살펴보았습니다.

그런데 이게 웬일입니까?

주머니 속에는 이가 한 마리두 없었습니다.

조그마한 편지가 한 장 들어 있었습니다.


"존경하는 거지님, 벼룩도 낯짝이 있다는데 벼룩보다 신사인 우리 이들이 어찌 거지님의 은혜를 모르겠습니까? 우리는 거지님의 은혜에 보답하는 길이 무엇일까? 곰곰이 생각해 보았습니다. 그리고 결론을 내렸습니다. 그것은 우리가 거지님의 몸을 떠나는 것입니다. 우리는 떠납니다. 안녕히 계십시오."

– 이 일동 –

추신) "다시는 돌아오지 않겠으니 찾지 말아 주십시오."


"허! 이런 기가 막힐 데가 있나. 내가 저들을 어떻게 키

웠는데 이렇게 허망하게 떠나다니."


혹시나 떠나지 않고 남아 있는 놈은 없나 해서 거지는 옷

을 벗어 샅샅이 살펴보았습니다.

그러나 한 마리도 보이지 아니하였습니다.

거지는 깊은 슬픔에 잠겼습니다.

배고파도 밥도 먹기가 싫어졌습니다.


"밥은 먹어서 뭐해 먹여 살릴 이도 없는데…."


그럭저럭 또 3년의 세월이 흘렀습니다.

거지는 세상 사람들이 가정을 꾸리고 소위 지지고 볶고

하면서 살아가는 모습들을 한심하다고 생각했습니다. 그런

데 자신은 정작 하찮은 이에게 정을 주고는 이렇게 슬퍼한다는 생각에 자신은 더욱 한심하다는 생각이 들었습니다.

거지는 언제부터인가 생각을 고쳐먹기 시작했습니다.

거지는 이제까지 오로지 '자유'하려고 했습니다.

어느 누구와도 인연을 맺지 않고, 그래서 언제라도 새처럼 훨훨 날아갈 수 있게 말입니다.

그러나 이제는 혼자 자유로운 것 보다 같이 동행하는 사람이 있어 따듯함이 더 좋을 듯 했습니다.

그래서 얼마 전에 이 거지도 장가를 들었답니다.

평소 자기를 좋아하던 여자 거지인데 못생긴 곰보였습니다. 이들이 떠나고 슬픔에 잠겨 며칠을 굶었을 때 이 어자곰보거지가 얻어 온 밥을 나누어주어서 먹은 적이 있었습니다.

그것이 인연이 되어 자주 밥을 나누어 먹었습니다.

그리고는 급기야 결혼하게 된 것입니다.

그런데 참으로 신기한 일이 다 있지요.

그 거지가 결혼하고 나니까 이들이 다시 찾아온 것입니다. 그래서 지금은 온몸이 굼실굼실 하답니다.

거지는 가끔 결혼한 것을 후회하기도 한답니다.

전에 혼자 자유롭게 살 때가 그립기도 합니다.

특히 부부 싸움을 하고 나면 진짜 결혼한 것이 후회됩니다.


얼마 전에는 큰 부부 싸움이 있었습니다.

그리고 아내 거지가 떠났었습니다.

그때 혼자 있는 것이 얼마나 외롭고 힘든지를 확실히 알았습니다. 혼자 살 때는 몰랐는데 같이 살다가 혼자되니 너무나도 견디기 힘들었습니다. 그래서 그때 거지는 새로운 결론을 내렸습니다.


"혼자 사는 것보다는 원수 같은 마누라하고라도 같이 사는 게 낫다."


라는 것입니다.


"아이구 지겨워 웬 이는 이렇게 많은지 …."

# 산 이야기

나는 산입니다. 그리 높지도 낮지도 않은 산입니다. 나는 비록 높은 산은 아니지만 내 나이는 참으로 오래되었습니다. 흔히 높은 산은 나이가 많고 낮은 산은 나이가 적은 줄로 아는데 그것은 잘못된 생각입니다. 나는 높은 산보다 오히려 나이가 더 많습니다. 나도 한때는 제법 높은 산이었어요. 그런데 오랜 세월 동안 비바람에 깎이어 많이 낮아졌답니다.

나는 하나님이 온갖 식물들, 날짐승, 들짐승, 바다의 물고기까지 만드는 것을 다 보았습니다. 나는 화산이 폭발하는 것도 보았습니다. 그뿐 인가요 하늘의 별이 터지는 것도 보았습니다. 아주 멀어서 조그맣게 보였지만 그래도 하나도 빠짐없이 다 보았습니다. 나는 공룡들이 뛰어노는 것도 보았고 온 땅에 얼음이 덮였던 때도 보았습니다.

내 몸에는 많은 생명들이 살고 있습니다. 작게는 눈에 보이지 않는 곰팡이부터 버섯, 잔디, 질경이, .... 참나무, 소나무 등등 많이 있습니다. 벌레들도 있습니다. 개똥벌레, 사슴벌레, 사마귀, 모기, 거미, 나비 벌... 너무 많아서 생략, 짐승들로는 다람쥐, 토끼, 오소리, 여우, 고라니, 멧돼지, ... 그리고 아주 가끔은 곰과 호랑이도 와서 살곤 합니다.

나는 아주 오랜 세월 동안 이 자리에서 한 발짝도 옮기지 아니하고 있었어요. 굉장히 지루할 것 같지요? 그런데 그렇지 않아요. 하루하루가 너무너무 바쁘고 즐겁답니다. 내 안에서는 하루에도 굉장히 많은 일들이 일어납니다. 어제 하루 동안 일어난 일만해도 이만저만 많은 것이 아니었어요. 내 코끝 부분에 사는 개미네가 그 조금 위인 콧잔등으로 이사를 했어요. 어유! 그 조그만 것들이 줄지어 이사 하는 것을 보면 시간 가는 줄 모른답니다. 한참 보면 어지럽기까지 하다니까요. 그 조그만 것이 자기보다 몇 배나 큰 먹이들을 거뜬히 옮기는 것을 보면 참 대견해요.

또 하나의 소식, 왼쪽 겨드랑이 쪽에 사는 토끼네가 새끼를 낳았지요. 4마리 낳았는데 너무너무 예뻤어요. 오랫동안 기다리던 터라 더욱 귀한 새끼들이지요.

좋지 않은 소식도 있어요. 글쎄 지네형제가 다투다가 한 녀석의 다리가 부러졌다나봐요. 다리가 여러 개라 움직일 수는 있는데 매우 아프고 불편할 거예요. 지난밤에 하도 울어서 나도 잠을 설쳤어요. 깁스를 했으니 며칠 있으면 나을 거예요.

요즈음 나는 걱정거리가 하나 있어요. 벌써 여러 날 비가 오지 않아서 계곡물이 많이 줄었거든요. 비가 오지 않으면 불편한 것이 많아요. 물론 비가 많이 와도 걱정이지요. 꽤 오래전 일이 생각납니다. 그때는 참으로 끔찍했어요. 글쎄 여러 달 동안 비가 한 방울도 안 내린 것이었어요. 계곡이 완전히 말라 버리고 깊숙한 곳 옹달샘까지 말라 버렸지요. 내 몸에서는 먼지가 풀풀 나고 풀들까지도 말라 죽었어요. 그래서 동물들도 많이 내 몸을 떠났었지요. 물론 떠나봐야 갈 곳도 없어 되돌아오기는 했지만요. 그때만 생각하면, 으

~ 지금도 몸서리난다고요. 몇 해 전에는 비가 너무 많이 와서 난리였어요. 뿌리가 얕은 어린나무들이 많이 쓸려가고 큰바람에 늙어서 힘없는 고목들 여러 개가 부러졌어요. 그리고 동물들의 집에 물이 스며들어서 많은 동물들이 병에 걸려 죽었답니다. 그때도 참 끔찍했어요.

  나의 하루는 동쪽 하늘이 훤하게 밝아 올 때 시작합니다. 내 몸에 사는 동물들은 매우 부지런해서 아주 일찍 일어나거든요. 나는 내 몸에 사는 생명들을 보면서 참 재미있는 것을 알았습니다. 그들은 내가 자기들의 것인 줄 알고 있어요. 어찌 보면 참 괘씸하기도 합니다. 동물들은 내 몸 여기저기에 오줌을 질금질금 싸 놓고 자기 땅이라고 주장을 합니다. 그리고 다른 녀석이 들어오면 달려들어서 싸워 내쫓아 버리기 일쑤이지요. 어디 큰 동물들만 그러한가요? 작은 동물들, 곤충들까지도 그러기는 마찬가지입니다. 그러나 나는 괜찮습니다. 기분 나쁘지도 않고요. 사실은 다 내 새끼거든요. 내 안에서 태어나고 내 안에서 먹고 내 안에다 똥 싸고 내 안에서 자라나고 내 안에서 짝짓고 내 안에서 새끼 낳아 기르고 내 안에서 죽지요.

내 안에는 사람도 살았었습니다. 20년 전에 노인 한 분과 딸아이가 살았었지요. 아주 조그만 밭뙈기에 옥수수도 심고 콩도 심고 감자도 심고 살았는데 노인이 죽자 딸아이는 이곳을 떠나고 말았어요. 그 후로는 한 번도 안 왔지요. 어디에서 죽었는지 살았는지 알지 못합니다.

그들이 떠난 후에도 가끔 사람들이 옵니다. 살러 오는 것이 아니고 나를 오르기 위해서지요. 어떤 이들은 편하게 완만한 곳을 찾아 오르고 어떤 이들은 일부러 험한 곳을 찾아서 오르기도 합니다. 그래서 내 머리 위에 올라오면 크게 "야-호!" 하고 소리칩니다. 뭐? 나를 정복했다나요.

어느 날, 몇 명의 신사들이 빤질빤질 까만 자동차를 타고 저 밑 내 발치에 와서는 나를 이리저리 가리키며 말하는 소리를 들었습니다. 그날은 유난히 맑은 날씨에 바람도 불지 않고 아주 조용한 날이었습니다. 나는 그들이 말하는 소리를 다 들을 수 있었습니다. 근데 글쎄 그들이 나를 샀대요.

나를 다 산 것도 아니고 내 오른쪽 옆구리 부분을 샀대요. 그리고 거기에 호텔인가 뭔가를 지을 계획이라더군요. 그들이 내 주인이래요.

그러고 보니 내 주인이라는 사람들이 하나, 둘이 아니었어요. 아주 옛날부터 내 주인이라는 사람들이 계속 있었어요. 뭐? 등기부 등본을 떼어 보면 알 수 있다나요? 지금은 저 사람들이 내 주인이라는데, 글쎄요.~ 조금 있으면 또 주인이 바뀔 것이고 또 다른 사람들이 와서는 나를 둘러보고 흐뭇해하겠지요. 이제까지 나를 자기 것이라고 한 사람들이 헤아릴 수 없이 많아요. 그런데 나는 상관없어요. 나는 한 번도 저들을 내 주인이라고 생각한 적이 없어요. 오히려 내가 주인이라면 주인이지요. 그런데 곰곰이 생각해 보니 내가 저들의 주인도 아니어요. 내 품에 살지 않거든요.


얼마 후, 부릉부릉 소리와 함께 이상한 자동차들이 와서 내 옆구리를 파헤치더군요. 그러더니 커다란 집을 짓더라구요. 빨간 내 속살이 드러나고 거기에 사람들이 오물오물 꼼지락꼼지락하더니 집이 들어서고 그러더니 많은 사람이 수시로 드나들었지요. 처음에는 호기심으로 바라보았는데 지금은 별로 관심이 없습니다. 나는 돌보아야 할 가족이 너무 많거든요.

참!, 얼마 전에 나의 주인이라고 하는 사람들이 또 바뀌었대요. 아마 죽었다는 것 같아요. 내 몸에 묻히면 거두어서 돌보아 주려고 했는데 그나마 다른 곳에 묻혔나 봐요. 아이쿠! 벌써 해가 넘어가네요. 눈 몇 번 끔벅이면 하루가 그냥 간다니까요. 이제 나도 늙었나 봐요. 세월이 너무 빨리 가요. 어영부영하다 보면 몇백 년이 그냥 지나가 버리거든요.

# 뾰족한 돌 이야기

옛날, 숲 속 동물나라에 오솔길이 있었어요

그 오솔길은 아주 평평하고 편안한 길이었어요

그런데 길 한가운데에 뾰족한 돌이 하나 솟아올라 있었지요.

동물들은 편안하게 길을 가다가 그 돌에 걸려서 넘어지곤 했습니다.


어느 날, 성질 급한 멧돼지가 그 길을 가다가 걸려서 넘어졌어요

멧돼지는 화가 나서 그 돌을 힘껏 걷어 찼지요.

자기 발만 더 아팠어요. 멧돼지는 투덜거리며 지나갔답니다.

어느 날, 토끼가 깡충깡충 뛰어서 길을 가다가 그 돌에 그

만 코를 찧고 말았어요

토끼는 너무 아파서 엉엉 울면서 집으로 갔어요.

또 어느 날, 커다란 곰이 어슬렁어슬렁 길을 가다가 그만 그 돌을 밟았어요.

저런, 곰의 발바닥이 찢어지고 말았어요.

곰은 다리를 절룩거리며 돌아갔어요.


이러한 일은 하루, 이틀 계속되었어요.

이러한 일은 한 달, 두 달 계속되었어요.

이러한 일은 일 년, 이 년 계속되었어요.

이러한 일은 백 년, 이백 년 계속되었어요.

그래서 동물 마을 어른들은 아기 동물들에게 귀에 못이 박히게 주의를 주었어요.


"길에 있는 그 뾰족하게 튀어나온 돌을 조심하라"고.


어떤 착한 사슴이 있었어요.

그 사슴은 동물들이 그 돌에 걸려 넘어져서 다치는 것이 너무너무 마음 아팠어요.

그래서 사슴은 매일매일 그 돌이 있는 곳에 와서 살면서 지나가는 동물들에게 돌을 조심하라고 일러주었어요.

동물들은 고맙다고 인사하면서 지나갔지요.

온 동물마을에 착한 사슴 소문이 쫙 퍼졌어요.

그래서 동물마을 시장님이 착한 사슴에게 표창장을 주었어요.

그리고 착한 사슴은 눈이 오나 비가 오나 그 돌 옆에 앉아서 지나가는 동물들이 돌에 걸려 넘어지지 않도록 주의를 주었지요.

이렇게 오랜 세월이 지나 그 착한 사슴도 할아버지가 되었어요.

어쩌다 사슴 할아버지가 동물 마을에 내려오면 동물들은 모두 절을 하며 사슴 할아버지를 존경했어요.


그러던 어느 날이었어요.

먼 나라에서 한 나그네가 동물 마을에 나타났어요.

그 나그네는 남루한 옷차림에 매우 지친 표정이었지요.

그 나그네도 그 숲길을 걷게 되었어요.

한참을 걷다가 돌 있는 곳에 다다랐어요.

그러자 사슴할아버지가 소리쳤어요.

"돌을 조심하세요, 너무나 많은 동물들이 그 돌에 걸려
 넘어져 다쳤답니다."

나그네는 사슴할아버지에게 물었어요.

"당신은 왜 여기에 앉아있지요?"

사슴이 대답했어요.

"그야 동물들이 돌에 걸려 넘어지지 않게 하기 위해서
 지요, 아주 옛날부터 수 많은 동물들이 이 돌에 걸려 넘
 어져 다쳤답니다. 그 수는 헤아릴 수 없이 많았지요. 그
 런데 내가 이곳에 앉아 주의를 준 이후로는 어느 누구
 도 넘어져 다치지 않았답니다" 하며 자랑스럽게 말했

어요.

나그네는 잠시 생각에 잠기더니 그냥 지나쳐 갔습니다.

얼마 후 나그네는 다시 그 자리에 나타났어요. 손에는 쇠
망치가 들려 있었지요.

나그네는 쇠망치로 돌을 쪼기 시작했어요.


"쿵, 쾅, 쿵, 쾅."


그 소리를 듣고 숲 속 나라 동물들이 모여들었습니다.

잠시 후 뾰족한 돌은 흔적도 없이 사라지고 말았습니다.

아주 오랫동안 동물들을 괴롭혀온 그 돌이 짧은 시간에
사라진 것이었어요.


그런데 아주 이상한 일이 일어났어요.

기쁘고 즐거워해야 할 동물들이 그 나그네를 이상한 눈
으로 바라보는 것이었어요.

특히 사슴할아버지는 매우 분해하면서 소리쳤어요.

"저놈을 잡아라. 저놈이 우리의 신성한 돌을 깨뜨렸다!"

그 소리와 함께 동물들은 우르르 나그네에게 달려들어 마구 때렸어요.

나그네는 피투성이가 되어 쓰러졌어요.

동물들은 나그네를 마을 밖으로 내다 버렸지요.

나그네는 큰 슬픔에 잠겨서 그 마을을 떠났습니다.

나그네가 떠나고 난 후 사슴할아버지는 동물들을 모아 놓고 말했습니다.

"어서 빨리 전에 것보다 더 크고 뾰족한 돌을 구해다가 그곳에 다시 두어야 합니다.…"

동물들은 사슴할아버지의 말대로 더 크고 더 뾰족한 돌을 가져다가 그곳에 두었습니다.

사슴할아버지는 다시 그곳에 자리 잡고 앉아서 지나가는 동물들에게 "돌에 걸려 넘어지지 않게 조심하시오"하며 말했습니다.

　그 할아버지의 손자, 그 손자의 또 손자, 그 손자의 손자
의 손자가 오늘날에도 그 길에 앉아있습니다.

　그리고 지나는 동물들에게 말합니다.


　"돌에 걸려 넘어지지 않게 조심하시오".

# 6학년 3반

우리 반 아침시간은 왁자지껄 시장 같아요.


"야! 선생님 오신다."

"우당탕 퉁탕."


이윽고 선생님이 들어오십니다.

오늘은 선생님이 어느 낯선 아이를 데리고 들어오셨습니다.

보통 키에 얼굴은 까무잡잡하고 옷은 약간 작은 듯한 짙은 고동색 비닐잠바를 입었는데 잠바의 자크가 고장 났는지 앞이 열려 있어서 약간은 불량기가 있어 보였습니다.

때는 5월이라 이제 제법 더운 날씨인데 그 아이의 잠바는 겨울잠바여서 좀 어색했습니다.

그리고 비쩍 말라서 그런지 키가 자기 키 보다 커 보였습니다.

머리는 짧은 스포츠 머리인데 이발한지 오래 되어 꺼벙한 모습이었습니다.

"이 아이는 ○○에서 전학 온 아무개인데 앞으로 여러분과 함께 공부하게 되었습니다. 사이좋게 지내도록 하세요."

처음 들어보는 시골 어느 곳이었습니다. 기억은 나지 않지만 아주 시골이었던 것 같습니다.

선생님은 그 아이를 공부 잘하는 대식이 옆에 앉게 하셨습니다. 시골에서 전학 와서 모르는 것이 많을 테니 대식이가 잘 보살펴 주라는 말씀도 하셨습니다. 대식이는 잘난 척을 좀 하지만 그래도 착한 아이였습니다. 대식이는 선생님이 자기를 인정해 주는 것이 좋아서 흐뭇해하면서 그 아이에게 이것저것을 가르쳐 주었습니다. 처음이라 그런지 그아이는 별로 말이 없이 하루가 지났습니다.

다음날 아침, 우리 교실의 모습은 어제와 똑같이 왁자지껄하였습니다.


"야 선생님 오신다."
"우당탕 퉁탕"


선생님이 들어오시고 선생님은 교실 안을 휘 - 둘러 보셨습니다. 그때 뒷문이 열리며 어제의 그 아이가 들어왔습니다. 선생님은 얼굴을 찡그리시며 물었습니다.


"너 이제 오니? 벌써부터 지각하면 어떡하니."


말씀하시고는 혼자소리로


"앞으로 속 좀 썩겠구만."


하셨습니다. 혼자 소리로 말씀 하셨지만 그 소리는 우리 모두에게도 들렸습니다.

선생님의 우려는 현실로 나타났습니다. 그 아이는 거의 매일 선생님과 아주 비슷한 시각에 교실에 들어왔습니다. 선생님보다 늦게 등교하는 날이 꽤 많아서 선생님의 비위를 상하게 했습니다. 선생님은 매우 불쾌해 하면서도 그 아이에게는 그다지 뭐라 말씀하시지 않았습니다. 아마 처음서부터 관심이 없으셨고 어느 정도는 포기하신 듯한 느낌입니다. 그 아이는 선생님 보다 늦게 들어올 때 외에는 거의 우리 눈에 띄지 않았습니다.

우리들의 매우 즐거운 일 중 하나는 친구의 생일에 초대받는 일 이었습니다. 자기의 생일에 적게 초청하는 아이는 2-3 명, 많이 초청하는 아이는 20여 명을 초청하기도 합니다. 친구들의 생일에 많이 초대받을수록 그 아이는 인기가 많은 아이입니다. 초대을 많이 받는 아이는 비교적 공부도 잘하고 가정형편도 나은 아이들이었습니다.

어느 날이었습니다. 아주 뜻밖의 일이 있었습니다. 그 아이가 자기의 생일이라며 친구들을 초대했습니다. 그것도 아주 많은 아이를, 그때서야 우리는 한 번도 그 아이를 우리의 생일에 초대하지 않은 것을 알았습니다. 그런데, 한 번도 초대받지 않은 아이가 자기들을 초대하니까 초대받았음에도 불구하고 전혀 반갑지가 않았습니다. 아이들은 적당히 둘러대서 초대를 거절하였습니다.

"미안해, 나 오늘 엄마와 백화점에 가기로 했어."
"미안해 오늘이 내 동생 생일이야. …"

아이들은 모두가 그 아이의 생일 초대를 거절하고 말았습니다. 아이들이 초대에 거절한 이유는 또 있었습니다. 우리는 아무도 그 아이가 어디에 사는지 알지를 못하였고 그 아이의 집이 보통 아이들이 사는 집이 아닐 것, 이를테면 아주 초라한 집에 음식도 우리 입맛과는 상당히 다를 것이라고 추측하였습니다. 그래서 그 아이의 집에 간다는 것은 불안하기까지 하였습니다. 그 아이는 머쓱해 하면서 우리 반 전체 아이에게 말했습니다.

"오늘 우리 집에 갈 사람 … 하나도 없니?"

그 아이는 부끄러워하면서 자리에 앉았습니다. 우리 모두는 그 아이에게 매우 미안하기도 하고 뭐라 표현할 수 없는 묘한 분위기가 되었습니다. 그러나 그것도 잠깐, 우리는 그 아이에 대한 생각을 금새 잊고 말았습니다.

다음 날 아침, 이날의 아침 분위기는 이제까지의 분위기와는 완전히 달랐습니다. 아이들은 여기저기 모여서 쑥덕이고 있었습니다. 어제 우리 반에서 좀 쳐진다고 할 수 있는 두 아이가 그 아이의 강권에 못 이겨서 초청에 응했는데 참으로 놀라운 광경을 보았다는 것입니다. 우선 그 아이의 집에 가는 것부터가 놀라웠습니다. 그 아이는 자기들을 학교에서 좀 떨어진 공터로 데리고 갔고 거기에는 아주 훌륭한 고급 승용차들이 여러 대 기다리고 있었고 아이들은 그 차를 타고 어디론가 가게 되었습니다. 얼마를 가서 그 아이의 집에 도착하였다는데 하도 어리둥절해서 거기가 어딘지도 알 수가 없었답니다. 그 아이의 집은 마치 궁궐같이 아주 커다란 집이었고 그 안에 있는 사람들은 굉장한 신사들이었으며 초대받아간 두 아이는 생전 처음 그렇게 훌륭한 대접을 받았다는 것이었습니다. 그리고 미리 마련된 식탁에는 초대받고 오지 않은 반 아이들의 이름이 새겨진 좌석들이 준비되어 있었고 그 아이는 마치 동화 속의 왕자님 같았답니다.

그 아이들은 평소에 여러모로 뒤처진 아이들이라 여러 명 앞에서는 얼굴이 빨개지고 말도 못하곤 하였는데, 이번에는 흥분까지 하여 더듬더듬 감탄사만 늘어놓았습니다. 그래도 우리는 대충 그 아이들의 이야기를 알아들을 수 있었고 우리는 지극히 놀라지 않을 수가 없었습니다. 그 아이에게 초대받고 이 핑계 저 핑계로 초대를 거절한 우리의 표정은 참으로 묘했습니다.


"드르륵."


문소리와 함께 선생님이 들어오셨습니다. 오늘 아침은 "선생님 오신다"라는 예고방송도 없을 정도로 아이들의 관심은 온통 어제의 사건으로 쏠려 있었습니다. 이제 아이들의 시선은 뒷문으로 집중되었습니다. 아직 주인공이 나타나지 않았고 이제 그 주인공이 뒷문으로 나타날 때가 되었기 때문입니다. 그런데 웬일인지 그 아이는 나타나지 않았습니다.

선생님은 조례를 마치시고 밖으로 나가시면서 한 말씀 하셨습니다.

"참. 아무개는 이제 학교 안 온다. 이유는 나도 잘 모르겠고 너희들이 놀아주지 않아서 전학 간단다. 나 원 참! 별 희한한 녀석 다 보겠네."

# 다시 살아난 명필이

옛날, 어딘지 모르는 어느 산골 마을에 작은 교회가 있었습니다. 그 교회는 목사님도 없고, 전도사님도 없는 교회였습니다. 그 마을에 교회가 서게 된 것은 더 옛날 어떤 전도자가 그 마을에 와서 집마다 다니며 열심히 예수님의 가르침을 전파하여 서게 되었습니다. 그때 그 가르침이 해괴하다는 동네 어른들의 말씀에 마을 청년들이 그 나그네를 잡아다가 두들겨 패고 반쯤 병신을 만들어 마을에서 쫓아냈답니다. 그 후 몇몇 사람들이 몰래 만나서 그 나그네가 주고 간 성경 말씀을 읽고 기도하곤 하였지요. 그래서 교회가 시작되었습니다. 그런데 사람이 너무 적어서 그 교회는 목사님을 모시지 못하였고 가끔 읍내 교회의 목사님께서 오셔서 설교해 주시곤 하였습니다. 목사님께서 오실 때는 교인들이 마치 임금님이라도 오시는 양 정성을 다하여 준비하고 기다렸습니다.

그 마을에는 명필이와 덕배가 살고 있었습니다. 두 사람은 매우 가까운 동무였습니다. 성격도 비슷하고 외모도 비슷해서 모르는 사람이 보면 마치 형제간이나 쌍둥이처럼 생각할 정도였습니다. 그런데 두 사람에게는 큰 차이가 있었습니다. 명필이는 열심히 교회에 다녔고 덕배는 교회에 다니지 아니하였습니다. 아무리 명필이가 덕배에게 교회에 가자고 해도 덕배는 그것에 대해서는 바윗덩이처럼 완고했습니다.

명필이가 교회에 열심히 다니면 다닐수록 덕배는 그에 비례해서 교회를 멀리했습니다. 그것은 시간이 갈수록 더욱 심해져서 덕배는 명필이가 교회에 가는 것을 방해하기까지 하였습니다. 명필이가 교회에서 예배하는 동안에 덕배는 밖에서 뻐꾸기 소리를 내면서 명필이를 불렀습니다. 그 소리는 덕배가 내는 소리라는 것을 명필이는 물론 동네 사람들도 다 알았습니다. 명필이는 몇 번은 덕배의 부름에 못 이겨서 예배 중에 자리를 뜨기도 하였습니다.

그러던 어느 날, 모처럼 읍내에서 목사님이 오셔서 예배를 드리고 있는데 그날따라 덕배의 뻐꾸기 소리는 더욱 크고 집요하게 울어댔습니다. 명필이는 덕배의 호출을 무시하고 목사님의 설교를 듣는데 몰두하고 있었습니다. 화가 난 덕배가 드디어 일을 저지르고 말았습니다. 명필이에게 빨리 나오라고 던진 작은 돌멩이가 그만 예배당 유리창을 박살내고 말았습니다.

그 후로 명필이와 덕배의 우정에는 금이 가기 시작했습니다. 사람들이 덕배를 보는 눈초리도 곱지 않았습니다. 교회에 다니지 않는 사람들도 덕배가 너무했다고 생각했습니다. 심지어 어떤 이는 덕배가 귀신들렸다고 하였습니다. 그 일 이후로 덕배는 점점 더 이상하게 변하였습니다. 그 놀기 좋아하고 순박한 덕배가 점점 난폭해졌습니다. 술 마시는 횟수도 많아지고 술에 취하면 동네 어른도 몰라보는 망나니가 되었습니다. 주일날은 물론 평소에도 예배당 근처에서 어슬렁거리며 예배당을 드나드는 사람들에게 빈정거리곤 하였습니다. 여자아이들은 무서워서 혼자서는 예배당에 출입하기가 어려울 정도였습니다. 덕배를 위하여 눈물로 기도하는 명필이의 기도를 하나님은 들으시는지 안 들으시는지....

어느덧 덕배의 얼굴에는 옛날의 그 순박함은 사라지고 험상궂음만 남아 있었습니다. 명필이는 덕배의 악행을 속 죄라도 하듯이 더욱더 열심히 교회에 다녔고 덕배가 저지 르는 나쁜 일에는 대신 사과하고 변상까지 하였습니다.

이렇게 여러 해가 흘렀습니다.

음력 6월 장마철이었습니다. 그해 장마는 참으로 지루하 고 길었습니다. 어느 날 폭우가 쏟아지는 날이었습니다. 마 침 주일날이 되었는데 개울물이 불어서 냇가를 가로지른 외나무다리 가까이 까지 물이 차올라 있어서 건너기에는 심히 두려움이 느껴질 정도였습니다. 그날도 덕배는 한 손 에는 술병을 또 한 손에는 지게막대기를 들고 물가에 앉아 서 예배당으로 오는 사람들을 바라보며 욕설을 퍼붓고 돌 을 던지곤 하였습니다. 그런데

"앗!"

하는 사이에 누가 먼저라 할 것도 없이 두 사람이 물에 빠져 떠내려가기 시작하였습니다. 명필이와 덕배였습니다. 둘은 허우적거리면서, 사람 살리라고 소리를 지르면서 가파른 계곡 물속으로 빨려 들어갔습니다. 사람이 물에 빠져 떠내려간다는 소리에 온 동네 사람들이 몰려나왔습니다. 그러나 누구 하나 손 쓸 수도 없이 두 사람은 물에 쓸려갔습니다. 그때 온 동네 사람들은 교인이건 아니건 간에 간절히 기도했습니다. 그리고 확신을 했습니다. 착한 명필이는 하나님의 도우심으로 살아날 것이고 저 못된 덕배는 물에 빠져 죽고 말 것이라고. 그러나 이게 웬일입니까. 결과는 정 반대로 일어나고 말았습니다. 명필이는 그냥 떠내려가 죽어버리고 덕배는 꾸역꾸역 살아서 올라온 것입니다. 온 마을 사람들의 충격은 이루 말할 수 없이 컸습니다. 살아나온 덕배는 그 후로는 더 의기양양해서 소리쳤습니다.

"하나님이 어디 있어 하나님을 믿느니 차라리 내 주먹

을 믿어라."

라고 말입니다. 마을사람들은 물론 교인들도 그 말에는
아무런 대꾸를 할 수 없었습니다. 오히려 그 말이 일리가 있
다고 생각했습니다. 명필이가 죽고 덕배가 살아 나온 것은
하나님이 없다는 명백한 증거가 되었기 때문입니다. 이후
로는 덕배가 교회 근처에서 어슬렁거릴 필요가 없었습니
다. 교인들이 하나둘씩 교회를 떠나고 급기야는 아무도 교
회에 다니는 사람이 없게 되었기 때문입니다. 결국 교회는
문을 닫고 폐허가 되어버렸습니다.

10년의 세월이 흘렀습니다. 명필이의 죽음은 사람들 기
억 속에서 점차로 멀어져 갔습니다. 폐허가 된 예배당은 철
없는 아이들에게는 유령의 집으로 알려져 두려움의 대상
이 되었습니다. 덕배도 더는 못된 망나니가 아니었습니다.
싸울 교인들이 없었기 때문입니다.

덕배에게는 아무에게도 말할 수 없는 비밀이 있습니다.
10년 전 물에 빠져 죽어 가는 명필이에 대한 기억입니다. 덕

배가 본 명필이의 모습은 마치 천사의 모습과 같았습니다. 덕배를 바라보는 그의 눈은 참으로 안타까워하고 불쌍해서 어쩔 줄 모르는 바로 그러한 눈이었습니다. 그런데 오히려 그 눈빛이 덕배의 자존심을 건드렸습니다. 그래서 그는 아무에게도 그 이야기만은 하지 않은 채 10년의 세월이 흐른 것입니다. 10년의 세월은 참으로 많은 것을 변화시켰습니다. 덕배의 마음에 명필이에 대한 그리움이 싹트기 시작한 것입니다. 사실 덕배는 명필이를 미워할 이유가 하나도 없었습니다. 다만 명필이가 자기보다 교회를 더 좋아하는 것이 싫었던 것입니다. 덕배는 교회를 싫어한 것도 아니었습니다. 명필이 말고 다른 사람이 강권하였더라면 그도 교회에 다녔을 것입니다. 그러나 명필이 외에는 모두들 지나가는 말로만 권했을 뿐 진심으로 그에게 교회에 다니라고 권한 사람이 없었습니다. 덕배는 누군가의 강한 권면을 기다리며 예배당 주변을 서성였습니다. 그런데 그것이 공교롭게도 유리창 사건으로 불거져서 그 지경이 된 것이었습니다.

덕배는 가끔 명필이에 대한 그리움이 억제할 수 없는 슬픔으로 다가와서 굵은 눈물을 한없이 흘리기도 하고 나무하러 깊은 산 속에 들어가서는 통곡하며 울기도 하였습니다. 물에 빠져 쓸려가면서 바라보는 명필이의 그 연민의 눈이 그대로 덕배의 눈이 되어 폭포수 같은 눈물을 쏟아 내었습니다. 덕배는 명필이가 믿던 그 하나님에게 따져 물었습니다.

"하나님 왜 명필이를 죽이고 나를 살리셨습니까? 당신이 진짜 살아 계시다면 어찌 이런 일이 있을 수 있습니까? 마땅히 제가 죽고 명필이가 살았어야 되는 것 아닙니까?"

덕배는 그 물음에 대한 대답이 있을 때까지 집요하게 하나님께 따져 물었습니다. 도무지 그 해답을 얻기 전에는 아무것도 할 수 없었습니다.

어느 날, 덕배에게 운명의 날이 다가왔습니다. 바로 하나님의 음성을 들은 것입니다. 그것이 꿈인지 생시인지 모르겠습니다. 사람의 말소리인지 바람소리인지도 모르겠습니다. 어쨌든 그는 너무나도 분명하고 확실하게 하나님의 음성을 들었습니다.

　　"너는 아직도 그것을 모르느냐. 너 대신 명필이가 죽은
　　거야."

　그 말씀은 덕배와 명필이의 모든 수수께끼를 한꺼번에 풀어주었습니다. 아니 세상 모든 수수께끼가 다 풀리는 말씀이었습니다. 그 후로 덕배는 명필이가 그리우면 폐허가 된 예배당으로 갔습니다. 덕배가 예배당에 드나들면서 예배당은 점차로 제 모습을 갖추기 시작했습니다. 그리고는 어느 화창한 봄날 주일 아침, 예배당의 종소리가 울려 퍼졌습니다. 일터에서 일하던 마을사람들은 모두 일손을 멈추고 예배당 쪽을 바라보았습니다. 그리고 하나둘씩 일손을 놓고는 예배당으로 달려가기 시작하였습니다. 예전에 교회에 다녔던 사람들은 벅찬 감격에 숨 차는 줄도 모르고 달

렸습니다. 교회에 다니지 아니하였던 사람들도 호기심에 교회당으로 서둘러 발걸음을 옮겼습니다. 예배당 앞에는 어느덧 마을 사람들이 다 모여들었습니다. 그리고는 눈물이 범벅되어 종 줄을 당기는 덕배의 모습을 한참을 넋을 놓고 바라보았습니다. 그때 누군가의 입에서 가느다란 신음소리가 흘러나왔습니다.

"저건 덕배가 아니야 명필이야. 명필이가 다시 살아서
돌아온 것이야...."

# 우리 아빠가 대머리인 이유

우리 아빠는 대머리예요. 우리 아빠가 왜 대머리인 줄 아세요? 나는 그 이유를 잘 알긴 아는데 그게 항상 헷갈려요. 우리 아빠가 대머리인 이유를 말씀하시는데 그 내용이 매번 다르기 때문이에요.

옛날, 아주 먼 옛날,

나무는 있는데 나뭇잎은 없고 바람은 부는데 아직 구름은 없을 때,

해님이 너무 멀리 있어서 세상은 춥고 비 온 후에 무지개도 아직 생기지 않을 때,

코끼리의 코가 길지 않고 호랑이의 줄무늬가 없었을 때,

고양이의 수염이 아직 나지 않고, 그래서 쥐가 고양이를 괴롭힐 때였어요.

하늘에서는 큰일이 일어났어요. 아주 멀리 있던 해님이 점점 우리가 사는 지구로 다가왔지요. 우리 아빠는 무척 걱정되었습니다. 이러다가는 우리가 사는 지구가 멸망할 것이 뻔하기 때문이었지요. 우리 아빠는 결심을 하였어요.

"내가 어떤 희생을 치르더라도 지구를 구해야지."

우리 아빠는 독수리를 타고 하늘로 올라갔습니다. 그리고는 해님이 더이상 지구에 가까이 오지 못하도록 해님을 떠받쳤지요. 그런데 해님이 너무 뜨겁고 무거워서 우리 아빠의 머리카락이 다 타 버렸지 뭐예요. 그래서 아빠는 그때 대머리가 되었대요. 참! 그때 아빠가 타고 갔던 독수리도 머리카락이 다 타 버렸대요. 그래서 대머리독수리가 되었대요.

우리 아빠가 대머리가 된 또 하나의 이야기.

그때도 아주 옛날이었어요. 우리 아빠는 어렸을 때 손오

공하고 친구였대요. 손오공으로부터 도술도 배웠대요. 그러던 어느 날 외계인들이 지구로 쳐들어 왔대요.

'쉿. -'

이 이야기는 비밀이라 아무도 모르는 이야기래요. 그래서 역사책에도 안 나온 대요. 특별히 우리에게만 해 주는 것이래요.

외계인들은 아주 무서운 무기와 비행기를 타고 쳐들어 왔는데 우리 아빠는 고작 구름 비행기 뿐이었대요. 외계인들은 숫자가 너무 많아서 우리 아빠는 외계인들을 당해낼 수가 없었대요. 하는 수 없이 아빠는 도술을 부려서 외계인들과 싸울 수밖에 없었지요. 그것은 아빠의 머리카락을 뽑아서 또 다른 아빠를 많이 만들어 외계인들에 대항해 싸우는 것이었어요. 아빠는 정신없이 머리카락을 뽑아 또 다른 아빠를 많이 만들어 싸웠지요. 그때 너무 많은 머리카락을 뽑으신 우리 아빠는 안타깝게도 대머리가 되셨답니다.

우리는 아빠의 이야기가 너무 거짓말 같아서

"에이 – 순 거짓말. –"

하였지요. 그러면서

"또 요, 또 요!"

하면서 또 다른 이야기를 해 달라고 졸랐지요. 그랬더니
아빠는

"거짓말이라고 의심하는 아이들에게 어떻게 이야기를
해 주니."

하시면서 이야기를 해 주시지 않았어요. 아무리 졸라도
우리 아빠는

"안돼, 의심하는 아이들에게는 말해 줄 수 없어."

하시면서 아무 이야기도 해 주시지 않았어요. 그래서 우리는 다짐을 하였어요. 우리 아빠가 무슨 이야기를 해 주시든지 의심하지 않기로요. 그래야 더 재밌는 이야기를 더 많이 들을 수 있거든요.

# 우리 집에 오신 임금님

옛날, 아주 먼 옛날

어느 산골 마을에

늙으신 아버지와 예쁜 딸이 살고 있었어요.

아버지는 훌륭하신 분으로 사람을 보면 그 사람의 됨됨이를 알 수 있는 분이었어요.

어느 해 겨울,

갑자기 그 산골 마을에 군인들이 들어왔습니다.

이집저집 을 샅샅이 뒤지면서 무엇인가를 찾고 다녔어요.

그리고는 마을 사람들을 모아놓고 말했습니다.


"수상한 사람이 나타나면 곧장 관가에 신고하시오."

그리고 며칠이 지나

저녁 어둑어둑해질 무렵

남루한 차림의 젊은이가 나타났습니다.

젊은이는 조심조심 마을을 엿보더니

아버지와 딸이 사는 집에 와서 작은 소리로 문을 두드렸습니다.

"누구시오."

"지나가는 사람인데 하룻밤만 묵어 갈 수 있게 해주시
　오."

아버지는 잠시 망설이셨습니다. 며칠 전의 군인들의 말이 생각났기 때문입니다.

"들어오시오."

젊은이는 초라한 차림이었지만 훤칠하게 큰 키에 뚜렷한 이목구비, 그리고 예의 있는 말씨였습니다. 누가 보아도 평

범한 사람이 아니라는 것을 금방 알 수 있었습니다.

　딸은 젊은이를 보고 마음이 두근거리기 시작하였습니다.
젊은이 또한 딸을 보고 한눈에 반하였습니다.

　아버지는 딸에게 저녁상을 준비하라고 하셨고

　아버지와 젊은이는 저녁 식사를 하고 밤이 늦도록 많은
이야기를 나누었습니다.

　아버지는 젊은이에게 조심스럽게 말씀하시기를


　　"젊은이를 사위로 삼고 싶은데 어떠한가?"


　젊은이는 말했습니다.


　　"고맙습니다. 그러나 저는 쫓기는 몸이고 언제 죽을지
　　모르는 사람입니다. 그리고 저는 해뜨기 전에 이곳을
　　떠나야 합니다."


　아버지는 말하였습니다.

"젊은이같은 훌륭한 손자를 갖고 싶네 부디 사양하지
말고 내 딸을 받아 주게."

한참을 실랑이 하다가 젊은이와 딸은 그날 밤에 결혼을
하였습니다. 물을 한 사발 떠 놓고 두 사람은 서로 절을 하
는 것으로 결혼식은 끝났습니다.

다음날 새벽, 아직 깜깜할 때 젊은이는 떠났습니다.

"아들을 낳으면 이름을 '부(夫)'라 하시오."

한마디를 남기고 ….

젊은이가 떠나가고 얼마 후, 아기가 태어났습니다.
매우 잘 생긴 아기였습니다.
산골 마을 사람들은 수군거리기 시작했습니다. 그리고는
멸시하는 듯한 눈으로 쳐다보곤 하였습니다. 아이는 무럭
무럭 자라났습니다. 아이는 참으로 착하고 똑똑하였습니

다.

　나이가 어림에도 불구하고 행동거지가 반듯하고 기품이 있었습니다. 마치 그날 밤의 젊은이와 같았습니다.


　아이가 이처럼 훌륭함에도 불구하고 마을 사람들은 그 아이를 칭찬하는 사람이 없었습니다.

　동네 아이들도 놀아 주지 않았고 툭하면


　　"부는 아버지가 없다."


　하면서 놀려대기 일쑤였습니다.

　아이는 아버지에 대하여 어머니에게 물었습니다. 그러나 아이는 아버지의 이름조차도 알 수가 없었습니다. 살아 계신지 돌아가셨는지, 무엇을 하시는 분이지, 어디에 사시는 분인지 도무지 알 수 없었습니다.


　할아버지가 돌아가시고 난 후부터는 살림도 더욱 어려워 졌습니다.

어느덧 십여 년 세월이 흘렀습니다.

그 해의 겨울은 몹시도 추웠습니다.

매섭던 산촌의 겨울도 따듯한 봄기운에 조금씩 밀려나고 꽁꽁 얼어붙었던 계곡에 졸졸 물소리가 날 때였습니다.

갑자기 여러 장수들이 아주 크고 근사한 말을 타고 말발굽 소리도 요란하게 산골 마을에 나타났습니다. 그들의 눈은 마치 독수리눈같이 번뜩이고 무서웠습니다.

그들은 마을 사람들에게 위엄 있는 소리로 물었습니다.


"여보시오 '부' 라는 소년의 집이 어디입니까?"


마을 사람들은 두려움에 떨면서 부의 집을 가르쳐 주었습니다. 그들은 힘차게 부의 집으로 가서는 말에서 내려 어머니와 아들에게 정중하게 인사를 하였습니다.

곧이어 큰 나팔 소리와 함께 엄청나게 큰 행렬이 그 산골 마을에 들어왔습니다. 그러한 큰 행차는 그 마을은 물론 주변 어느 마을에도 없었고 앞으로도 없을 큰 행차였습니다.

많은 장수들과 비단옷을 입은 사람들에게 둘러싸인 화려

하고 커다란 가마를 타고 나라의 임금님이 그 마을에 오신
것입니다.

마을 사람들은 모두 두려움에 벌벌 떨었습니다.

임금님의 행차는 마을에 들어서서는 곧장 장수들의 인도
로 부의 집으로 향했습니다.

가마가 멈추고 임금님이 내리셨습니다.

임금님은 환하고 기쁘신 얼굴로 부의 머리를 쓰다듬고는
품에 꼭 안아주셨습니다.

바로 그 때 임금님을 따라온 많은 장수들과 비단옷을 입
은 사람들은 모두 부와 부의 어머니에게 절을 하였습니다.


....


얼마 전에 그 왕자님이 어른이 되어 임금님이 되었습니
다.

나도 새 임금님의 즉위식에 초대되어 갔었는데 정말 근
사했습니다.

아주 놀랄 만한 기쁜 소식,

그 새 임금님이 이번 주에 우리 집에 오신답니다.

그런데 아빠도 엄마도 할머니도 누나도 아무도 안 믿어 줍니다.

그러고 보니 나도 걱정입니다.


"정말 오시려나?"

## 인간세상을 조심해라.


하늘나라 아기 천사가 세상에 왔어요. 그런데 아기천사
가 온 곳은 뜨거운 사막이었어요. 아기 천사가 발가벗은 채
사막을 아장아장 걸어갑니다. 아기는 여러 번 넘어지면서
도 다시 일어서서는 걷고 또 걷곤 하였습니다. 결국 지친 아
기는 사막 한가운데에서 쓰러지고 말았습니다. 그때 커다
란 사자가 다가왔습니다. 사자는 아기에게 말했습니다.


"내가 너를 잡아먹어야겠다."

"안돼요. 나는 맛이 없을 거예요."

"왜?"

"나는 나쁜 아이거든요. 엄마 말을 안 듣고 돌아다니다
가 길을 잃었으니까요."

"아니야 너는 착해. 분명히 맛있을 거야."

"정말로 내가 착해요? 그러면 잡아먹지 마세요."

"왜?"

"착한 아이를 잡아먹는 것은 나쁜 것이니까요."

 사자는 아무 할 말이 없어서 입맛을 다시며 그냥 돌아서고 말았습니다. 아기는 다시 힘을 내어 걸었습니다. 햇빛이 너무 뜨거워서 견딜 수가 없었습니다. 아기는 해님에게 말했습니다.

 "해님, 해님 너무 뜨거우니까 햇빛을 안 비추면 안되나요?"

해님은 말했습니다.

 "네가 불쌍하지만 어쩔 수 없어 햇빛을 비추는 것이 내 임무야. 좋은 수가 있어 구름에게 부탁해 봐 구름이 와서 나를 가리면 뜨겁지 않을 테니까."

아기도 그것이 좋다고 생각했습니다.

"그런데 구름이 어디 있지요? 구름이 없으니까 부탁할
수도 없잖아요."
"그럼 내가 구름을 불러올게. 잘 부탁해 봐."

해님은 검은구름을 불러왔습니다. 이제 아기는 뜨겁지
않았습니다. 그런데 이번에는 목이 말랐습니다. 아기는 물
을 찾았지만 물이 없었습니다. 가까운 곳에 웅덩이가 있었
습니다. 그런데 그 웅덩이는 물의 흔적만 있을 뿐 물이 없었
습니다. 아기는 웅덩이에게 물었습니다.

"너는 물을 다 어떻게 하고 이렇게 말라 있니?"

하면서 책망하듯 물었습니다. 웅덩이는 대답했습니다.

"햇님이 다 말려 버렸지."

아기는 화가 나서 해님에게 따져 물으려 하늘을 쳐다보았습니다. 그러나 하늘에는 먹구름이 끼어서 해님을 볼 수가 없었습니다. 아기는 구름에게 해님에게 따질 것이 있으니 좀 비켜 달라고 말했습니다. 그러나 구름은 비킬 수가 없었습니다. 바람이 불지 않기 때문입니다. 아기는 어서 비키라고에게 마구 떼를 썼습니다. 구름은 그 소리가 시끄러워서 견딜 수가 없었습니다. 구름이 아기에게 말했습니다.

"지금은 바람이 불지 않아서 비킬 수 없으니 내가 땅으로 내려갈게. 그러면 해님을 볼 수 있을 거야."

그리고는 이내 소나기를 퍼부어 댔습니다. 짧은 시간이지만 엄청나게 많은 비가 쏟아져 내렸습니다. 웅덩이에는 금새 물이 가득 찼습니다. 아기는 물을 실컷 마셨습니다. 그리고는 기분이 좋아졌습니다. 그런데 이번에는 배가 고팠습니다. 배가 고파서 한참을 울고 있는데 늑대가 나타났습니다. 늑대는 아기에게 다가와 말했습니다.

"내가 너를 잡아먹어야겠다."

아기가 말했습니다.

"나를 잡아먹어도 소용이 없을 거예요."
"왜?"
"나는 지금 배가 무척 고프거든요. 배고픈 아기는 잡아
먹어도 배가 부르지 않을 거예요."

늘대가 생각해 보니 그럴듯한 이야기였습니다. 늘대는
한걸음에 달려가 아기가 먹을 만한 맛있는 음식을 구해 왔
습니다. 아기는 맛있게 그 음식을 먹었습니다. 아기가 음식
을 다 먹기를 기다린 늘대는 이제 아기를 잡아먹으려고 다
가왔습니다.

"이제 잡아먹어도 되니?"

아가는 말했습니다.

"잠깐요. 내가 응가가 마려우니 응가하고 먹어요."

"상관없어."

"아니에요. 그냥 잡아먹으면 더러운 응가도 같이 먹는
것이잖아요."

듣고 보니 그도 그럴 듯 했습니다.

"어서 응가해. 내가 기다릴께."

"휴지가 없잖아요. 휴지 없이 어떻게 응가를 해요."

늑대는 어이가 없었습니다.

"그러면 잠깐 기다려 내가 인간 세상에 가서 휴지를 가
져올게"

하면서 급히 가려 하였습니다. 그러자 아기는 소리쳤습
니다.

"기다릴 수 없어요. 지금 응가가 나오려고 해요."

순간 늑대는 휴지를 가져오는 시간 보다 차라리 아기를 휴지 있는 곳까지 데려가는 것이 더 빠를 것이라는 판단했습니다. 늑대는 아기를 등에 업고 인간 세상을 향해 뛰었습니다. 제발 자기 등에 응가 하지 않기를 바라면서 쏜살같이 달렸습니다. 드디어 인간 세상에 도착했습니다. 그렇지만 이를 어쩌나 늑대는 인간 세상에 들어갈 수가 없었습니다. 늑대는 아기천사를 인간 세상으로 보내면서 말했습니다.

"응가하고 빨리 돌아와."

아기가 응가하러 간 사이에 늑대는 아기 천사를 어떻게 잡아먹을까를 생각했습니다. 그런데 왠지 아기천사가 불쌍한 느낌이 들었습니다. 한참을 기다리니 저만치 아기천사가 아장아장 걸어오고 있었습니다. 아기천사가 말했습니다.

"이제 맛있을 테니 잡아먹어."

늑대는 고개를 저었습니다. 그리고 말했습니다.

"너를 잡아먹지 않기로 했어. 네가 가고 싶은 데로 가."
"왜?"
"네가 좋아졌으니까."

그리고 늑대는 자기 갈 곳으로 가고 아기는 인간 세상으로 갔습니다. 늑대는 한참을 가다가 깜짝 놀랐습니다. 그리고는 아기와 헤어진 곳을 향해 뛰었습니다. 늑대는 흉악한 인간들의 모습을 많이 보아 왔습니다. 죄 없는 짐승들을 마구 죽이고 잡아가던 인간들 말입니다. 그런데 그렇게 착하고 예쁜 아기를 그 흉악한 인간 세상에 보낸다는 것이 마음에 걸렸던 것입니다. 그러나 이를 어쩌나 아기는 이미 그 자리에 없었습니다. 늑대는 이리저리 아기를 찾아서 헤매었으나 찾을 수가 없었습니다. 어느덧 해가 지고 어둑어둑 땅거미가 지기 시작했습니다. 슬픔에 잠긴 늑대는 높은 언덕에 올라 눈물을 흘리며 큰 소리로 아기 천사를 불렀습니다.


우- 우- 우-.


그리고는 속으로 간절히 말했습니다.


"제발 인간들을 조심해라."

# 자평국 기행

아지랑이 아롱아롱 피어오르는 봄날 토요일 오후 저승사자 같은 마누라의 구박에 나는 동네 슈퍼마켓에서 새우깡 두 봉지와 소주 한 병을 사서 늘 오르던 뒷동산에 올랐습니다. 중턱쯤 올랐는데 거기 전에는 보지 못했던 대추나무가 한 그루 있었습니다. 그런데 묘하게도 때 아닌 대추가 주렁주렁 열려 있었습니다. 하도 이상하여 잘 익은 것 몇 개를 따먹어 보았지요. 그리고 증거품으로 집에 가져가려고 몇 개 더 따려고 하는데 가지 사이에 예쁘게 접은 쪽지 하나가 끼워져 있었습니다. 호기심에 빼어서 읽어 보았습니다.

"왼쪽으로 세 발짝, 하늘 두 번 쳐다보고, 오른발을 콩."

나는 너무 재미있어 그대로 해 보았습니다.

"왼쪽으로 세 발짝, 하늘 두 번 쳐다보고 오른발을 콩."

그러자 내 앞에는 꽃이 만발한 큰 복숭아밭이 나타나고 그 가운데로 오솔길이 나 있었습니다. 나는 그 길로 조심조심 들어갔어요. 한참을 들어가다 보니 커다란 대문이 나오고 대문 앞에는 하얀 옷을 입고 점잖게 생긴 분들이 정중하게 인사를 하면서 자평국(自平國 : 자유와 평등의 나라)에 오신 것을 환영한다고 하였습니다. 그리고는 자평국에 들어가면 필요할 것이라 하면서 약간은 묵직한 가방을 하나 주었습니다.

"삐그덕."

큰 소리를 내면서 문이 열리고 나는 문 안으로 들어섰습니다. 그 안은 지금 우리가 사는 세상하고는 별반 차이가 없는 그런 세상이었습니다. 나는 우선 가방 속에 무엇이 들어있는가가 매우 궁금하여 견딜 수 없었습니다. 그래서 설레는 마음으로 가방을 열어 보았지요. 가방 안에는 돈다발이 가득 들어있었습니다. 나는 너무너무 기뻤습니다. 이 돈을 마누라에게 주었을 때 기뻐할 마누라의 얼굴을 생각하니 너무나 좋았습니다. 평소에는 살쾡이 같던 마누라의 얼굴이 마치 예쁜 천사의 얼굴같이 상상되었습니다. 나는 돈을 세어 보았습니다. 지금은 잘 기억이 나지 않지만 꽤 많은 돈으로 지금의 나로서는 만져 볼 수도 없는 거액이었습니다. 이루 말할 수 없는 기쁨에 조금 가다 보니 커다란 전광판이 눈에 들어왔습니다.

"자평국에 오신 것을 환영합니다. 이 나라는 무한한 자유와 평등이 보장된 나라입니다. 이곳에서 당신은 무엇이든지 하실 수 있습니다. 이곳은 당신의 능력이 무한히 보장된 나라입니다. 이곳에서 당신은 얼마든지 성공할 수 있습니다. 이 나라는 죽음이 없는 나라입니다. 여러분은 이곳에서 영원히 살 수 있습니다."

나는 불안과 흥분이 동시에 밀려왔습니다. 그래도 많은 돈이 있기에 안심이 되었습니다. 나는 우선 이 도시에 대해서 좀 더 알아봐야 할 것이라는 생각이 들었습니다. 그래서 주의를 조심스럽게 그리고 꼼꼼히 살펴보았습니다. 그런데 나 같은 사람이 나 하나가 아니고 수 없이 많았습니다. 다들 나하고 똑같은 가방을 들고 있었고 모두 상기된 얼굴이었습니다. 나는 그들을 붙들고 물어보았습니다.

"당신은 어떻게 여기에 왔습니까?"
"당신은 누구 입니까?"
"언제 여기에 왔습니까?"

그런데 그들도 똑같은 질문을 나에게 해왔습니다. 여러 사람들을 만나서 충분한 대화를 하고나서 나는 결론을 내렸습니다.

"아! 여기는 천국이로구나."

이왕 이렇게 된 것, 나는 이제 이전 일들을 다 잊어버리고 이곳에 충실하기로 마음먹었습니다. 그리고 전광판에서 본 것처럼 나는 이곳에서 철저히 성공적인 삶을 살고자 다짐에 다짐을 하였습니다. 다시는 이전과 같이 어렵고 힘든 삶을 살지 않아야겠다고 생각하였습니다. 지난 일들이 주마등처럼 떠오릅니다. 아! 그렇게 한심한 삶을 살아 왔다니. 세상에서 그렇게 초라한 삶을 산 것이 너무나도 억울했습니다.

　나는 내가 만난 사람들 중 두 사람과 친구가 되었습니다. 그래서 그 두 사람과 함께 행동을 같이 하기로 하고 우선 배가 고프니 밥을 먹기로 하였습니다. 그러나 식당에서는 우리에게 음식을 팔지 않았습니다. 먼저 시청에 가서 시민등록을 하여야 한다는 것이었습니다. 우리는 배고픔을 참아 가면서 시청에 갔습니다. 시민등록 절차는 매우 간편했습니다. 이미 그곳에 내 신상명세서는 준비되어 있었고 나는 그곳에 서명만 하면 되었습니다. 우리는 그곳에서 몇 가지 궁금한 것을 물었습니다. 가장 중요한 질문은 우리가 가지고 있는 돈을 어떻게 쓰느냐는 것이었습니다. 시청직원의 대답 또한 간략했습니다. 당신들 돈이니 당신들 마음대로 쓰라는 것이었습니다.

시청에서 나오자마자 우리 세 사람은 가까운 식당에 들어갔습니다. 식당은 매우 깨끗하고 부드러운 분위기였습니다. 이미 여러 명이 식사를 하고 있었습니다. 그런데 거기에 종업원은 없었습니다. 모두 각자가 배식구에 가서 음식을 가져다 먹는 셀프 서비스였습니다. 음식은 빵 하나와 처음 보는 과일 두 개가 전부였습니다. 음식은 너무너무 맛있었습니다. 그것을 먹고 나니 배고픈 것이 싹 사라졌습니다. 그래도 너무 맛있어서 한 번 더 먹었습니다. 그런데 배가 부르지 아니하였습니다. 그래서 한 번 더 먹었습니다. 그래도 배가 부르지 아니하였습니다. 그래서 나는 먼저 와 있는 다른 사람에게 물었습니다.

"당신은 얼마나 먹었습니까?"

그랬더니 그 사람은 벌써 열 번째 먹고 있다는 것입니다. 나도 한 번 더 먹을까 생각하다가

"이게 아닌데."

하는 생각에 함께 간 사람들에게 그만 나가자고 하였습니다. 그랬더니 한 사람은 응하였는데 다른 한 사람은 더 먹고 가겠다며 먼저 가라고 하였습니다. 우리는 각자 먹은 음식값을 지불하고 식당 문을 나섰습니다. 아직도 더 먹고 싶은 생각이 간절하였지만 꾹 참고 길을 나섰습니다. 식당은 그 집 말고도 많았습니다. 그런데 식당마다 사람들로 꽉 꽉 들이차 있었습니다.

나는 좀 더 현명해야겠다고 생각했습니다. 그리고 이곳에서 성공하기 위해서는 충분한 정보가 있어야 하겠다고 생각했습니다. 그래서 나는 도서관으로 향하였습니다. 도서관의 자료는 정말로 산더미같이 많았습니다. 그런데도 매우 잘 정돈 되어서 무엇이든지 쉽게 찾아볼 수 있었습니다.

지금부터 나의 삶은 전혀 다른 삶이 되었습니다. 예전의

엄벙덤벙하던 삶이 아니라 치밀하고 과감한 성격으로 변하였습니다. 우선 나는 충분한 시장조사와 전망 등을 계산하여 부동산에 투자하기로 하였습니다. 전생에서의 경험에 비추어 볼 때 재산을 불리는 것은 부동산보다 나은 것이 없다는 생각에서였습니다. 나는 나와 뜻을 같이 하는 사람들을 규합하여 주식회사를 만들고 대표이사 자리에 앉았습니다. 그리고는 부동산에 과감한 투자를 하였습니다. 여러 가지 우여곡절과 위기를 거치기는 하였지만 나의 계획은 큰 성공을 거두었습니다. 나는 소위 부동산 재벌이 된 것입니다.

이제 나는 권력에 눈을 돌렸습니다. 나는 나의 재산을 관리하는 차원에서 그리고 나의 이미지를 관리하는 차원에서 시의 복지정책에 관심을 갖고 시의회에 진출하였습니다. 그리고는 복지부분을 담당하는 의원이 되었습니다. 나는 나의 거의 모든 재산을 복지법인으로 만들었습니다. 그리고 엄청난 시의 예산을 받아 운영하게 되었습니다. 나는 외형상으로는 무재산가입니다. 그러나 실제적으로는 최고의 부와 명예와 권력을 누리는 성공자가 되었습니다.

자평국에 들어 온지 50년, 숱한 경쟁자들을 물리치고, 어리숙한 사람들을 후리면서 나는 성공자가 되었습니다. 그리고는 그윽한 포만감을 만끽했습니다.

그런데 언제부터인지 알 수 없는 불안감이 엄습해 옵니다. 그리고 아무리 사람을 만나서 먹고 마시고 즐겨도 외로움만 깊어 갑니다. 그동안 까맣게 잊고 있던 처자식의 얼굴이 떠오릅니다. 늙으신 부모님의 얼굴이 떠오릅니다. 졸지에 사라진 나로 인하여 처자식은 얼마나 고생할 것이며 부모님은 얼마나 걱정하고 계실까? 지금도 살아 계실까? 이런 생각 저런 생각으로 밤을 새는 일이 잦아졌습니다. 밤의 나는 외로운 거지입니다. 그러나 낮의 나는 화려한 성공자입니다. 이러한 나를 알 리 없는 수많은 사람이 나에게 접근해 옵니다. 이제는 그 사람들이 모두 아귀(굶어죽은 귀신)들같이 느껴집니다.

최근에는 그러한 것들이 극한 두려움이 되었습니다. 더욱더 두려운 것은 이곳에서 영원히 살아야 한다는 것이었습니다. 나는 하늘이 무너지는 듯한 절망감에 몸을 떨었습니다. 그리고 깊은 한숨을 쉬며 고개를 들었습니다. 그런데 그때 내 눈에 들어오는 것이 있었습니다. 빨간 교회 십자가였습니다. 고개를 돌려보니 교회 십자가가 하나둘이 아니었습니다. 많은 십자가가 눈에 들어왔습니다. 그때 나는 내 눈을 의심했습니다. 어찌하여 이제까지 저 십자가가 하나도 보이지 않았을까? 어릴 적 교회에 다닌 기억이 났습니다. 나도 모르는 사이에 교회로 발걸음을 옮겼습니다. 작고 초라한 지하실에 위치한 예배당, 1층에는 마켓이 있는데 여전히 사람들이 들끓고 있었습니다. 옆 건물에는 식당이 있었고 그곳에도 사람들은 북적였습니다. 그 옆 건물에는 은행이 있었는데 역시 사람이 들끓고 있었고 그 옆 건물에는 술집이 있었는데 술집 아가씨들의 간드러진 목소리가 여기까지 들려왔습니다. 그러나 그 모든 것들이 나에게는 전혀 딴 세상의 일처럼 느껴졌습니다. 그리고 그들이 나를 알아볼까봐 두려움까지 생겼습니다. 나는 선택의 여지 없이 교회당 문을 열고 들어갔습니다.

눈앞에 몇 글자가 눈에 보였습니다. 그 글자를 보자 나는

"후유, 이제야 살았구나."

그 글귀는 다음과 같았습니다.

"지옥에서 나가는 길."

어느덧 나는 집에 돌아와 있었습니다.
아직 정신이 멍멍해 있는데 방문이 벌컥 열리며 아내가
표독스런 목소리로 소리칩니다.

"여봇, 오늘까지 관리비 내야 하는데 어떻게 할꺼요!"
"으이그 저 웬수같은 마누라 ….."

나는 마누라를 왈칵 끌어안았습니다. 그리고 기쁨의 눈
물을 한없이 흘렸습니다.

# 한겨울 밤의 이야기

어느 겨울날, 깜깜한 밤이었습니다. 조용한 산골에 외딴 초가집이 있었습니다. 산골 겨울의 밤은 일찍 찾아옵니다. 아직 초저녁인데도 밖은 몹시도 깜깜했습니다.

초가집에서는 도란도란 말소리가 들려왔습니다. 할머니와 아기가 주고받는 이야기였습니다. 그 집에는 할머니와 아기 단 둘이서 살고 있었습니다. 저녁상을 물리고 화롯불에 할머니와 아기가 마주 앉아 이런 이야기, 저런 이야기를 주고받습니다. 밤마다 할머니는 아기에게 재밌는 이야기를 들려주었습니다. 그런데 할머니의 이야기는 매일매일 비슷한 이야기뿐이었습니다. 그래서 할머니네 집에 사는 동물들과 그 집에 있는 물건들은 그 이야기를 다 외우다 시피 하였습니다. 구들 밑에 사는 쥐, 앞마당의 멍멍이, 천장 한쪽 구석에 집짓고 사는 거미, 초가지붕 짚더미 속에 사는 굼벵이는 물론, 뒤뜰에 몇 안 되는 장독들, 그리고 부엌에 사는 솥단지며 그릇들도 할머니의 이야기를 죄다 알고 있었습니다. 그런데도 아기는 그 이야기를 아주 재미있게 듣곤 하였습니다. 할머니의 이야기는 오늘도 똑같은 이야기가 이어졌습니다.

밖에는 살살 눈이 내리기 시작했습니다. 그리고는 이내 함박눈으로 변하여 펑펑 내렸습니다. 하늘나라 아기 눈방울이 그 초가집 지붕에 살며시 내려앉았습니다. 아기 눈방울은 할머니의 옛날이야기에 귀를 기울이고 재미있게 듣고 있었습니다. 한참 재미있게 듣고 있는데 할머니의 이야기가 멈추고 말았습니다. 웬일일까? 하고 궁금해 하고 있는데 새근새근 아기의 숨소리가 들려왔습니다.

이제부터는 주변 동물들과 물건들의 이야기가 시작됩니다. 아기는 그 이야기를 들으며 꿈나라 여행을 한답니다.


그때 어디선가 조용하게 부르는 소리가 들려왔습니다.


"아기 눈방울아, 아기 눈방울아."

"어 누구지?, 누가 나를 부르지?"

"나야, 초가지붕이야, 너는 어디에서 왔니?"

"응, 나는 하늘나라에서 왔지."

"그럼 너는 하늘나라 이야기를 많이 알겠네?"

"그럼, 아주 많이 알고 있지."

"무슨 이야기든지 한 번 해봐."

"음 ~, 해님 할아버지의 대머리, 달님 할머니의 송편, 별님들의 전쟁놀이, 구름 아줌마의 하품, 바람 아저씨가 실어온 꽃향기, 무지개 언니의 색동옷, 천둥 아저씨의 기침 소리, 번개 오빠의 달리기, 심술쟁이 우박, 울보 소나기, 새침데기 가랑비, 엉큼이 안개, 은하수를 날아다니는 개똥벌레 …, 이 중 어떤 이야기를 들려줄까?

"와! 너 굉장히 많은 이야기를 알고 있구나."

"그럼, 이래 뵈도 나는 모르는 것이 없다고."


아기 눈방울은 뽐내면서 말했습니다.


"그런데 너에게 궁금한게 하나있어."

"뭔데."

"너 어떻게 해서 여기까지 오게 되었니?"

"응 사실은 아까 구름아줌마가 하품을 하는데 너무너무 크게 하품을 하느라 그만 벌어진 입이 다물어지지를 않는 거야 그래서 그때 빠져나왔지. 지금도 계속 눈이 오는걸 보면 아직도 구름아줌마의 입이 안 다물어졌나봐."

"아 그랬구나, 그럼 구름아줌마 이야기 좀 해봐."

"응, 아마 하늘나라에서는 구름아줌마가 제일 게으르면서도 제일 바쁠거야."

"그게 무슨 소리니."

"구름아줌마는 매일매일 돌아다녀야 하거든 돌아다니면서 비도 내리고 눈도 내려야 하니까 제일 바쁘지."

"그런데 게으르다는 건 무슨 뜻이니?"

"응, 구름 아줌마는 돌아다니지 않고 피곤하다고 맨 날 하품만 하거든 그래서 바람 아저씨가 데리고 다녀야 해. 그래서 진짜 바쁜 건 사실 바람아저씨지. 내가 여기 올 수 있는 것도 바람아저씨가 구름아줌마를 저 위 하늘까지 데려왔기 때문이야."

"아, 그렇구나, 그리고 나 궁금한게 하나 더 있어. 지난 여름에 비가 굉장히 많이 왔어. 그래서 초가지붕에 물이 새기까지 했거든. 그때도 구름아줌마가 하품을 오래해서 그런거니?"

"아니야. 그때는 천둥아저씨하고 바람아저씨하고 다투셨거든. 이건 진짜 비밀인데 천둥아저씨하고 바람아저씨는 둘 다 구름아줌마를 좋아해. 그런데 두 분이 구름 아줌마 때문에 다투시는 바람에 구름아줌마가 슬퍼서 많이 우셨어 그래서 비가 많이 온 거야. 아마 너도 그때 천둥아저씨하고 바람아저씨하고 다투는 소리를 들었을거야. 두 분이 다투실 때는 참 대단해. 그리고 그때는 구름아줌마가 꼭 울거든.

이제 그만 이야기하고 자자. 나도 먼 거리를 와서 졸려."

"그래 잘자. 내일 밤에 또 이야기 하자."

"글쎄 그건 보장 못해. 내일 대머리 해님이 나를 다 녹여버릴지 모르거든".

"안녕, 잘자.…"

그날 밤, 할머니와 아기는 하늘나라 꿈을 꾸었답니다.

# 죽지 않는 개구리

언제부터인지 우물 안에 개구리들이 살고 있다.


"첨벙."


누군가가 우물 안으로 들어왔다. 우물이 생기고 처음 들
어온 손님이다. 어떻게 해서 우물 안으로 들어오게 되었는
지는 모른다. 처음 들어온 개구리는 두려움에 주변을 본다.

어둡다.

어둠 속에서 무엇인가가 가까이 온다.

하나둘이 아니다.

더욱 두렵다.

조금씩 주변이 보이기 시작한다.

자신보다 훨씬 작은 개구리 7-8 마리, 착해 보인다. 조금

씩 두려움이 사라진다.


　우물 안 개구리들은 친절하다. 우물 안 구석구석을 안내해 주고 먹을 것도 먼저 챙겨 준다. 저 위 환한 곳에서 왔다하여 두려워한다. 내 뒤를 졸졸 따라다니며 이것저것 묻는다.

　개구리들 중 질투하는 놈들도 있는 것 같은데, 직접 대드는 녀석은 없다. 그래서 나도 그냥 모르는 척한다.


　개구리는 행복했다. 밖의 세상에서는 항상 두려움에 떨어야 했는데 이곳은 그렇지 않다.

　우선 뱀이 없다. 뱀이란 녀석은 정말 무섭다. 소리 없이 다가와 통째로 삼킨다. 주둥이 긴 새도 없다. 그놈은 뱀보다더 무섭다. 개구리는 물론 뱀도 잡아먹는다.

　자신보다 큰 개구리도 없다. 그 누구도 자신을 위협하지않는다. 잠을 잘 때도 아무런 염려 없이 푹 잘 수 있다. 행복하다.

단 하나 조심할 것이 있다. 가끔 두레박이 내려온다. 어떤 때는 소리 없이 조용히, 또 어떤 때는 "풍덩" 큰 소리와 함께 내려온다. 이곳 개구리들은 그 두레박을 엄청 두려워한다. 엄청나게 크다. 그리고 엄청나게 큰 소리를 내면서 내려와서 물을 긷고는 엄청나게 무시무시한 모습으로 올라간다.

나는 두레박을 안다. 그래서 두려워하지는 않는다. 부딪치지 않도록 조심할 뿐이다.


어느 날, 두 마리 개구리가 조용히 찾아왔다.


"하늘나라는 어떤 곳입니까?"
"하늘나라?"


아! 저들은 내가 하늘나라에서 온줄 아는구나. 하긴 그렇다. 나는 하늘에서 왔다.

하늘나라 이야기를 몇 가지 해주었다. 매우 진지하게 듣는다. 믿어지면서도 안 믿어지고, 안 믿자니 너무 사실적이기에 혼동되나 보다. 나무, 꽃, 나비, 무지개 등을 이야기 할 때는 호기심이 가득하다. 뱀 이야기는 저들에게 너무 충격적인가 보다. 공포에 질린 모습들이 불쌍하기까지 하다.

저들이 돌아가고 난 후 많은 생각을 했다. 뱀 이야기는 괜히 했나 싶다. 사실 나도 뱀에 대해서는 잘 모른다. 이야기만 무수히 들었을 뿐이다. 딱 한 번 언뜻 뱀의 꼬리만 보았다. 그런데 그것이 정말 뱀의 꼬리인지 지금은 잘 모르겠다. 뱀의 얼굴을 똑바로 보고 살아남은 개구리가 있을까? 앞으로 뱀 이야기는 하지 말아야겠다.


며칠이 지났다. 한쪽 구석에 개구리들이 옹기종기 모여 있다. 전에 찾아왔던 개구리 중 한 마리가 그들에게 무엇인가를 열심히 말한다. 귀 기울여 들어보니 내가 들려준 하늘 나라에 대한 이야기다. 그런데 내가 한 것보다 훨씬 실감나게 한다. 그리고 매우 과장되게 한다. 특히 뱀 이야기를 많이 하는데 너무 실감나고 아주 구체적이다. 그런데 깜짝 놀랄 이야기가 들린다. 그런 무시무시한 뱀을 내가 때려잡았단다. 나는 얼굴이 화끈거려 더 이상 있을 수 없었다. 부끄

러움과 두려움에 얼른 그 자리를 피했다.

어느 날, 몇 마리의 개구리가 은밀하게 찾아왔다.


"어떻게 하면 하늘나라에 갈 수 있습니까?"


무슨 결심을 한 모양이다. 나에게 자신들을 하늘나라로 데려가 달란다. 나와 함께 가면 뱀도 이길 수 있는 줄 아는 모양이다. 단순한 제안이나 부탁이 아니다. 반은 협박이다.

그 중에 한 녀석은 제법 예리하다. 내가 자기들과 다를 바가 없는 개구리임을 아는 눈치다. 나도 뱀을 잘 모르고 뱀 앞에서는 속수무책일 것임을 아는 듯 하다. 다만 말을 안 할 뿐이다.

나는 내 비밀을 아는 그 녀석이 한편 두렵지만 한편으론 오히려 그 녀석이 매우 친근하다. 그 녀석이 있기에 나는 외롭지 않다. 나는 그 녀석에게 말했다.


"너는 내 친구다."

그 말에 모두 의아해 했다.

어느 날 나는 개구리들을 모아놓고 말했다.

"너희들 중에 하늘나라에 관심이 있는 이들이 있다. 관심은 있되 감히 올라가지는 못하는구나. 나는 간다. 서둘러 나갈 것이다. 너희들에게 하늘나라는 단순한 호기심거리지만 나에게는 고향이다. 거기에 아버지가 있다. 형제들이 있다. 친구들이 있다. 사실 하늘나라는 나만의 고향은 아니다. 너희들도 사실은 거기에서 왔다. 내가 나가서 너희들이 살만한 좋은 곳을 마련하면 다시 오겠다. 와서 너희들을 데려가겠다."

그 후로 우물 안 개구리사회에는 큰 소동이 일어났다. 막아야 한다는 개구리들과 극히 소수이기는 하지만 따라나서겠다는 개구리들이 있다. 다시 온다고 했으니 믿고 기다리자는 개구리들도 있다.

이 우물에서 어떻게 나갈까? 그것이 가장 큰 문제였다. 여러 가지로 궁리했건만 뾰족한 수가 없다. 우물 벽은 너무 높고 미끄러웠다. 유일한 방법은 두레박을 타는 것이다. 그러나 그것은 매우 위험하다. 저 두레박은 사람들이 내려보내는 것이니 두레박을 탔다가는 틀림없이 사람들에게 발각될 것이다. 나 하나 발각되어 죽는 것은 두렵지 않다. 그러나 나로 인하여 우물 안 모든 개구리들이 피해를 입을 수 있다. 그것이 걱정이다. 사람들은 자기들 영역에 다른 것들이 접근하는 것을 용납하지 않는다. 자기들이 먹는 물속에 개구리가 산다는 것을 저들은 참지 않을 것이다. 사람들은 우물 안 개구리들을 전멸시킬지도 모른다. 아니 그럴 것이다.

나는 참으로 많이 고민했다. 여러 날 아무것도 먹지 못했다. 도무지 먹을 수가 없다. 여러 날 잠도 자지 못했다. 몸은 나날이 야위어갔다. 비록 몸은 야위어도 정신은 더욱 바짝 긴장한다. 전혀 피곤치도 않고 힘에 부치지도 않는다.

깊은 생각을 하던 중 현기증이 났다. 하늘이 뒤집히는 듯했다. 그리고 정신을 잃었다. 시간이 얼마나 지났는지 모르겠다. 어렴풋이 하늘나라가 보인다. 내가 꼭 가야 할 하늘나라다. 하늘나라는 꽃이 만발하다. 먹을 것도 많다. 내가 좋아하는 잠자리가 하늘 가득 날아다닌다. 그런데 갑자기 그 많은 잠자리들이 뱀이 되어 달려든다. 깜짝 놀라 일어났다. 어딘지 모르겠다. 온통 칠흑같은 어둠이다. 주변을 더듬었다. 벽이다. 힘껏 밀었다. 벽이 무너지며 빛이 쏟아져 들어왔다. 밖에 있던 개구리들이 소스라쳐 놀란다. 내가 죽은 줄 알고 무덤에 묻었단다.

그러던 어느 날 친구가 찾아왔다. 내가 "너는 내 친구다"라고 했던 그 녀석이다. 반가웠다. 속마음을 털어놓았다. 그녀석이 말했다.

"선생님, 나가십시오. 선생님의 뜻대로 하십시오. 주저
하지 마십시오."

역시 친구답다. 내가 제대로 보았다. 다른 녀석들 같으면 울고불고 가지 말라고 했을 텐데, 이 녀석은 나가란다. 이

녀석의 입을 통해서 바깥세상이 나를 부르는 것 같다.

"너에게 이곳을 맡긴다. 내가 올 때까지 다른 개구리를
들을 잘 돌보아라. 네가 죽기 전에 기필코 오리라."

날짜를 잡았다. 며칠 있으면 인간들의 명절이다. 그때가
되면 두레박이 자주 내려온다.

드디어 때가 왔다. 모두들 지켜보는 가운데 나는 두레박
을 기다렸다. 다른 개구리들이 그토록 두려워하여 접근조
차 못하는 두레박을 나는 타고 올라간다. 이것 하나 만으로
도 나는 영웅이다.

두레박이 내려온다. 주저 없이 올라탔다. 두레박 가장자
리에 앉아서 아래를 내려다본다. 개구리들이 불쌍하다. 하
염없이 눈물이 흐른다. 아래의 개구리들은 위를 올려 본다.
동그랗고 환한 하늘로 올라가는 나의 모습은 환상적일 것
이다. 신비 그 자체일 것이다.

두레박이 올라가는 시간은 길지 않았다. 탁 트인 세상의

풀냄새가 온몸으로 밀려온다. 외마디 비명, 물을 길어 올리던 여자아이가 지른 것이다. 내가 무서워서 지른 비명이 아니다. 개구리가 우물 안에 있었다는 것에 놀란 것이다.

나는 정신없이 뛰었다. 바깥세상의 경치를 바라볼 여유가 없다. 냄새 맡을 여유도 없다. 그냥 뛰었다. 맨 처음 내 발에 닿는 촉감은 풀이 아니다. 흙도 아니다. 딱딱한 돌바닥이다. 돌바닥의 충격이 온 몸에 참을 수 없는 고통으로 전달되었다. 정신을 잃을 뻔했다. 무의식 속에 뛰었다. 풀이다. 풀 속에 닿았다. 좀 더 뛰었다. 그리고 정신을 잃고 쓰러졌다.

온몸이 쑤시고 아팠다. 두리번거렸다. 우물이 보였다. 주변에 여러 사람이 웅성거린다. 아마도 우물 속 개구리들을 어떻게 제거할까를 이야기하는 모양이다.

나는 우물 속 개구리들을 이끌고 가야 할 안전한 낙원을 구해야 한다. 그것이 내 사명이다.

사명이 있으면 아프지 않다. 죽을 수도 없다. 나는 안전한 곳을 찾아서 정신없이 돌아다녔다. 죽을 고비를 수없이 넘겼다. 뱀도 여럿 만났다. 뱀의 얼굴도 똑바로 보았다. 정말 무서웠지만 "나는 절대로 죽을 수 없다"는 각오로 뱀을 노려보았다. 그러자 뱀이 피해 갔다.

드디어 찾았다. 참 좋은 곳을 찾았다. 이제는 우물 속 개구리들을 이끌고 나오면 된다. 얼마나 안전하게 탈출하느냐가 문제다. 목숨을 건 탈출일 것이다. 그래도 해야 한다.

우물가에 도착했다. 그런데 이게 웬일인가? 우물은 있는데 우물에는 두꺼운 콘크리트 뚜껑이 덮여 있다. 그 안에서는 '윙~윙' 모터 소리만 들린다. 조금 떨어진 곳에 수도꼭지가 여럿 있는 곳에서 사람들이 물을 받는다. 아무리 둘러보아도 우물 속으로 들어갈 틈이 없다.

"우물 속 개구리들은 어찌되었을까? 아직 살아있을까? 살아있다면 빛 한줄기 없는 우물 속에서 어찌 살

까? 아직도 날 기다리고 있을까? '다시 온다'는 내 약속
을 아직도 믿고 기다리고 있을까?"

나는 그곳을 떠나지 못한다.

나는 아프지 않다. 아니 아플 수 없다.

죽지 않는다. 아니 죽을 수 없다. 꼭 해야 할 일이 있기 때
문이다.

나는 개구리, 죽지 않는 개구리. 나는 내 나이가 몇인지
모른다. 세는 것도 잊었다.

언젠가는 돌아가리라 꼭 돌아가리라. 가서 저들을 구해
내리라. 그때까지 나는 죽지 않는다.

　　　* * *

그분이 떠났다. 모두가 지켜보는 가운데 하늘로 올라갔
다. 그 분이 떠날 때 하늘에서는 무시무시한 소리가 들렸
다. 검은 물체들이 무수히 그림자를 드리웠었다.

그리고는 한참의 적막이 흘렀다. 두레박이 내려왔다. 전

에 본 것보다 몇 곱절 더 크다. 그분이 가기 전에 말씀한 대로다. 재앙이 임한 것이다. 우물물을 무시무시하게 휘젓고는 물을 퍼 올린다. 다시 내려와서는 역시 무시무시하게 휘저으며 물을 퍼 올린다. 물이 줄어든다. 거의 바닥을 드러낼 때까지 물이 줄어들었다. 그동안 개구리들은 그분이 지명한 개구리가 지시하는 대로 꼭꼭 숨었다.

물이 다시 차올랐다. 우물은 예전의 모습을 회복했다. 그러나 더욱 무시무시한 일이 일어났다. 하늘이 사라진 것이다. 큰 소리를 내면서 하늘이 점점 줄어들더니 이내 사라지고 말았다.

어둠이 계속된다. 빛 대신에 "윙~윙" 하는 소리가 우물 속을 꽉 채웠다. 이제는 두레박도 내려오지 않는다. 시간이 멈추었다. 우물 속은 온통 밤이다.

"윙~윙" 소리가 날 때는 그 소리에 묻혀서 아무 소리도 들리지 않는다. 개구리들은 그 소리에 익숙해졌다. 그 소리가 멈추면 너무 조용하다. 가끔 우물 벽 어딘가에 맺혀있던 물방울 떨어지는 소리가 우물 안의 적막을 깬다.

어둡고 긴 밤이다. 그러나 아무리 어둡고 긴 밤이 지속되도 개구리들에게는 희망이 있다. 그분이 다시 오신다는 희망이다.

어제 늙은 개구리 하나가 죽었다. 벌써 개구리 여러 마리가 죽었다. 얼마 전에는 그분이 지명한 개구리도 죽었다. 죽는 순간까지도 그분이 오기를 간절히 기다렸는데 그분은 끝내 오시지 않았다.

그가 유언을 남겼다. 자기는 잠을 잔다고 했다. 그분이 오시는 날 깨어날 것이라 했다. 개구리들은 모두 그 개구리의 말을 믿는다. 어제 죽는 늙은 개구리도 똑같은 말을 했다. 자기는 잠을 잔다고, 그리고 그분이 오시는 날 깨어날 것이라고.


우물 안 개구리들은 결코 죽지 않는다. 기다림이 있기에 죽을 수 없다. 깊은 잠을 잘 뿐이다. 오늘 또 한 마리의 개구리가 깊은 잠을 잔다.

# 검은 하늘

오후부터 추적추적 내린 비가 밤까지 이어진다. 아직 엄마는 퇴근하지 않았다. 오늘은 좀 늦으신단다. 나는 아빠가 만들어 주시는 버터구이 감자를 좋아한다. 감자를 작은 주사위 크기로 잘라서 프라이팬에 버터를 넣고 볶아서 고운 소금을 뿌려서 만든다. 노릇노릇하게 구워진 감자는 정말 맛있다. 누구에게 배운 것이 아니라 아빠가 그냥 만든 것이라고 한다. 언젠가는 버터구이 감자에 잘게 다진 소고기를 넣어서 볶아주셨는데 정말 맛있었다. 내가 먹었던 음식 중에서 최고의 음식이었다.

식사를 마치고 아빠와 나는 베란다에 앉았다. 아빠와 단 둘이 있을 때가 참 좋다. 아빠는 공부하라는 소리, 씻으라는 소리, 이것저것 대답하기 곤란한 질문을 하지 않으신다.

내가 하는 말을 참 잘 들어주신다. 그리고 내가 묻는 말에는 친절하게 대답해 주신다. 그런데 그 대답이 좀 엉뚱할 때가 많다. 아니 대부분의 대답이 엉뚱하다. 한 번은 아빠와 내가 대화를 하는데 엄마가 들으시고는 벌컥 화를 내셨다.

"네 아빠랑 얘기하는 것은 도움이 안 된다. 아빠한테는 아무것도 묻지 말고 듣지도 마!"

하시고는 내 팔을 잡아끌고 내 방으로 보내셨다. 그러고는 아빠와 다투는 소리가 들렸다. 그 후로는 아빠와 대화할 기회가 별로 없었다. 그런데 참 오랜만에 아빠와 단둘이 앉아있다. 밖에는 비가 내린다. 하늘은 깜깜하다.

"아빠, 하늘이 참 깜깜하다. 달도 없고 별도 없고…"
"그래, 비구름이 덮고 있으니 달도 별도 보이지 않는구나. 아들아, 너 이거 아니? 하늘은 파란 게 아니라 검은 거란다."
"아빠, 하늘이 왜 검어? 파랗지."

"무슨 소리야, 지금 하늘도 검은데."

"밤이니까 그렇지."

"밤하늘이 진짜 하늘의 모습일까 낮하늘이 진짜 하늘의 모습일까? 낮의 하늘은 태양에 의해서 가려진 하늘이야. 이렇게 비 오는 날은 구름에 의해서 가려진 거고, 그래서 먼 별들이 보이지 않아. 태양이 사라진 밤하늘, 구름도 없는 밤하늘이 되면 아주 먼 별들이 보이지."

"아! 그렇구나.~ 그런데 왜 사람들은 하늘이 파랗다고 하지?"

"사람들은 주로 낮에 활동하고, 그래서 낮의 하늘을 하늘로 알거든, 배우기는 하늘은 검다고 배우면서…. 천자문 처음이 '하늘은 검고 땅은 누렇다'라고 쓰여있지. 배우기는 그렇게 배웠으면서도 하늘은 파랗다고 생각하고 또 그렇게 말해."


아! 나는 무슨 비밀을 안 것 같다. 그런데 이 비밀을 친구들에게 말하면 친구들이 비웃을 것 같다. 엄마에게 말하면 엄마는 화를 낼 것 같다. 선생님은 하늘이 검다는 걸 아실까?

아침 등굣길, 비는 그쳤지만 하늘에는 구름이 많다. 하늘이 잿빛이다. 등굣길에 주현이를 만났다. 주현이와 함께 가면서 물었다.


"하늘이 무슨 색인지 아니?"

"하늘이 하늘색이지 뭐야?"

"그러니까 하늘색이 무슨 색이냐고?"

"파란색이지."

"야~ 그냥 대답하지 말고 하늘 좀 보면서 말해. 지금 하늘은 파란색이 아니잖아."

"구름이 껴서 그런 거고 구름 위에는 파란 하늘이잖아 바보야!"

……


우리 둘은 말이 없이 걷기만 했다. 주현이가 먼저 입을 열었다.


"바보라고 한 것 미안해."

# 개미귀신

나는 깔때기 모양으로 함정을 파고 살아요. 지나가는 개미나 다른 작은 것들이 내가 만든 함정에 빠지면 벗어나기 힘들어요. 크고 무시무시한 집게로 그를 잡아서 그의 체액을 빨아먹지요. 사람들은 나에게 개미귀신이라는 이름을 지어주었어요. 내가 파놓은 함정은 개미지옥이라 하구요. 내 생김새도 정말 무섭고 징그럽게 생겼어요.

그러나 나를 미워하지는 마세요. 난들 이렇게 살고 싶어서 이렇게 사는 건 아니니까요. 그리고 이렇게 징그럽게 생기고 싶어서 이렇게 생긴 것도 아니고요.

나는 친구도 없어요. 늘 혼자지요. 이 함정 속에서 혼자 사니까요. 나 같은 개미귀신이 어딘가는 있겠지만, 만날 일도 없고 만날 수도 없어요. 그리고 만나고 싶지도 않아요. 그도 나같이 생겼을 텐데 그 무시무시하고 징그러운 모습을 보면 그도 나도 절망 할거예요.

나는 함정 속에 숨어서 하늘을 봐요. 하늘을 날아다니는 나비, 잠자리, 풍뎅이들이 정말 부러워요. 단 하루라도 이 비루하고 징그러운 삶에서 벗어나고 싶어요.

나는 하나님이 원망스러워요. 너무 불공평하시니까요. 누구는 저렇게 예쁜 나비로 만드시고, 저렇게 자유로운 잠자리로 만드시고 나는 이렇게 징그러운 개미귀신이라니요. 그래도 하나님을 원망해서는 안 되겠지요? 하나님께서 괘씸하게 여기셔서 다음 생에도 또 이렇게 개미귀신으로 태어나게 하시면 안 되니까요. 그래서 나는 하나님을 원망하지 않고 기도를 해요.

"하나님, 다음 생에는 꼭 개미귀신이 아닌 다른 생명으로 태어나게 해 주세요."

나는 매일 이렇게 기도를 해요. 기도하고 또 기도해요.

.

.

.

하나님께서 나의 기도를 들어주셨어요. 나는 날개를 달고 다시 태어났어요. 하늘을 훨~훨~훨 날아요. 작은 나뭇가지에 앉아서 내 날개를 보았어요. 와~ 너무 곱고, 너무 멋있어요. 내가 그 징그러운 개미귀신이었다는 것은 먼 기억속에 있어요. 설마 내가 개미귀신이었다는 것을 아는 이는 없겠지요? 누군가가 그것을 안다면 나는 너무 부끄러울거예요.

나는 지금의 내가 너무 좋아요. 너무 행복해요. 눈을 지그시 감고 행복을 만끽하고 있어요.


"안녕."


누군가가 내에 말을 걸어와요. 개미귀신였을때에는 상상할 수도 없던 일이에요. 누굴까? 누가 나에게 말을 걸어올

까? 놀라움과 흥분과 두려움 속에 눈을 떴어요.

혁! "명주잠자리." 감히 쳐다보지도 못하고, 꿈도 꾸지 못할 만큼 곱고 아름다운 명주잠자리가 내 눈앞에서 나에게 말을 걸어와요. 그의 모습이 너무 아름답고, 그의 날갯짓이 너무 신비해요. 그리고 그의 목소리가 너무 아련해요. 마치 하늘나라에서 울려오는 소리 같아요. 나는 숨이 막힐 것 같고 기절할 것 같아요. 간신히 몸을 지탱하고 있는데 그가 또 말해요.

"아! 당신은 너무 아름다워요.
세상의 모든 잠자리 중에서
제일 아름다운 명주잠자리,
세상의 모든 명주잠자리 중에서도
제일 아름다운 당신~."

연극대본

# 다시 살아난 명필이

등장인물/ 명필이, 덕배, 마을사람들, 소녀들

배경/ 산골 교회

때/ 1960년대

## 1막 1장 (배경/초가집 몇 채와 시골길)

**해설**: 옛날, 어딘지 모르는 어느 산골마을에 작은 교회가 있었습니다. 그 교회는 목사님도 없고, 전도사님도 없는 교회였습니다. 더 옛날 어떤 전도자가 그 마을에 와서 집집마다 다니며 열심히 예수님의 가르침을 전파하여 그 마을에 교회가 서게 되었습니다. 그때 그 가르침이 해괴하다는 동네 어른들의 말씀에 마을 청년들이 그 전도사를 잡아다가

두들겨 패고 반쯤 병신을 만들어 마을에서 쫓아냈었답니다. 그 후 몇몇 사람이 몰래 몰래 만나서 그 전도사가 주고 간 성경말씀을 읽고 기도하곤 하였지요. 그래서 교회가 시작 되었습니다. 그런데 사람이 너무 적어서 그 교회는 목사님을 모시지 못하였고 가끔 읍내에 있는 교회의 목사님께서 오셔서 설교해 주시곤 하였습니다. 목사님께서 오실 때는 교인들은 마치 임금님이라도 오시는 양 정성을 다하여 준비를 하였습니다.

**전도자/** (여기 저기 돌아다니며)

"예수 믿으세요, 여보세요 예수 믿으세요. 예수 믿고 천당 가세요. 예수님 말씀대로 살아야 합니다. 오직 하나님만 섬겨야 합니다. 푸닥거리 하면 안 됩니다. 점 쳐도 안 됩니다. 예수만 믿으세요. 절간에 나무로 깎아 만들고, 돌로 만든 부처님이 무슨 복을 주나요? 예수 믿으세요. 예수 믿어야 삽니다."

**동네 어른들 1,2,3 /** (둘러 앉아서)

**어른 1/** "아니 우리 마을에 웬 미친놈이 와서 이상한 말을 하고 돌아다닌다면서, 글쎄 예순가 뭔가 하는 서양귀신을 믿으래, 그 예수 믿어야 산다지?"

**어른 2/** "그것까지는 좋은데 제사도 지내지 말라며? 천하에 그런 해괴한 것이 어디 있어? 조상 없는 놈도 있나? 안 되겠네 그놈 쫓아버려야지."

**어른 3/** "젊은 애들한데 이야기해서 단단히 혼내주고 쫓아내라고 하세."

**어른 1,2/** "그러세."

(동네어른들 퇴장하고 전도자 등장한다.)

**전도자/** "예수 믿으세요, 예수 믿어야 삽니다. 예수님이 우리를 위해 죽으셨어요. 그분은 하나님의 아들이십니다. 예수 믿고 천당갑시다."

**청년 1/** "어이 여보시오. 당신 보자보자 하니까 너무하잖아, 뭐? 예수를 믿으라고, 하나님의 아들이라고? 어디 증명을 해봐!"

**전도자/** "예수를 믿으면 알 수 있습니다. 이 성경책에 다

기록되어 있습니다. 그러니 예수를 믿으세요."

**청년 2**/ "이거 안되겠구만. 단단히 맛을 보여 줘야지. 여보 게들 이놈을 혼내서 쫓아내세."

청년 3/ "그러세."

　(청년1.2.3, 전도자를 마구 때린다. 전도자 쓰러진다.)

**청년1**/ 이놈 다시는 이동네에 나타나지 마라. 한번만 더 나타나서 그딴 소리 했다가는 아예 다리몽둥이를 분질러 놓을 테다. 퉤!

　(모두 돌아 간 뒤 전도자가 일어서서 기도한다.)

**전도자**/ "아! 예수님 저들을 불쌍히 여겨 주옵소서. 저들 도 예수님 믿고 구원받게 하옵소서."

## 2장

　(잠자던 청년 벌떡 일어나 앉으며 말한다.)

**청년 1/** "거참 이상하네. 왜 그 미친놈이 말한 것이 자꾸 생각나지? 통 잠을 잘 수 없네. 예수 믿어야 산다고? 그 예수가 누구지? 그렇지 그 사람이 주고 간 종이가 있지? 어디 두었더라? (열심히 뒤적이며 찾는다) 어 여기 있었구나, 음 ~ .

하나님이 세상을 이처럼 사랑하사 독생자를 주셨으니 이는 저를 믿는 자마다 멸망치 않고 영생을 얻게 하려하심 이니라. 하나님이 그 아들을 세상에 보내신 것은 세상을 심판하려 하심이 아니요. 저로 말미암아 세상이 구원을 받게 하려 하심이라. 저를 믿는 자는 심판을 받지 아니하는 것이요. 믿지 아니하는 자는 하나님의 독생자의 이름을 믿지 아니하므로 벌써 심판을 받은 것이니라. 그 정죄는 이것이니 곧 빛이 세상에 왔으되 사람들이 자기 행위가 악하므로 빛보다 어두움을 더 사랑한 것이니라. 악을 행하는 자마다 빛을 미워하여 빛으로 오지 아니하나니, 이는 그 행위가 드러날까 함이요 진리를 쫓는 자는 빛으로 오나니, 이는 그 행위가 하나님 안에서 행한 것임을 나타내려 함이라 하시니라.

"아이쿠 뭐가 이리 어려워, 에이 잠이나 자자."

(어두워 졌다가 밝아진다.)

**청년1/** "여보게, 나 어제 밤에 한숨도 못 잤어."

**청년2/** "아니, 왜?"

**청년1/** "글쎄, 그 예수 믿으라는 사람의 소리가 계속 귀에서 들리고 계속 그 생각만 나는 거야."

**청년2/** (깜짝 놀라며) "그런가? 나도 그랬는데. 우리 이러지 말고 예순가 뭔가에 대해서 한 번 알아보세."

**청년1/** "어떻게 알아보지?"

**청년2/** "읍내에 교회당이 있다니까 거기 가서 알아보세."

**청년1/** "그러세."

(청년들 퇴장한다.)

**해설/** 그 후로 몇 명의 청년들이 모여서 성경공부도 하고 기도도 하는 가운데 점차로 예수 믿는 사람들이 늘어나서 그 마을에도 교회가 서게 되었습니다.

　그 마을에는 명필이와 덕배가 살고 있었습니다. 두 사람은 둘도 없는 단짝이고 친구였습니다. 성격도 비슷하고 외모도 비슷해서 모르는 사람이 보면 마치 형제간이나 쌍둥이처럼 생각할 정도였습니다. 그런데 두 사람에게는 큰 차이가 있었습니다. 명필이는 열심히 교회에 다녔고 덕배는 교회에 다니지 아니하였습니다. 아무리 명필이가 덕배에게 교회에 가자고 해도 덕배는 그것에 대해서는 바윗덩이처럼 완고했습니다.


　**명필이**/ "덕배, 그러지 말고 우리 같이 예수 믿세, 나 혼자 예수 믿고 천당갈 것 생각하니 자네가 너무 마음에 걸려. 그러니 같이 예수 믿세. 응 덕배."

　**덕배**/ "싫어, 자네가 하자는 것은 다 할 수 있어도 예수 믿는 것은 싫어. 예수가 뭔가? 서양귀신 아닌가? 우리조상님들 놔두고 웬 서양귀신이야?"

　**명필이**/ "예수는 하나님의 아들이야. 나와 자네를 위해서 십자가에 돌아가셨다네. 그 분을 믿어야 살아. 다른 방법은 없다네. 부지런히 살아도 소용없고, 착하게 살아도 소용없네."

**덕배/** "듣기 싫네. 자네나 실컷 믿게."

## 2막(초라한 예배당 안)

**해설/** 명필이가 교회에 열심히 다니면 다닐수록 덕배는 그에 반비례해서 교회를 멀리했습니다. 그것은 시간이 갈수록 더욱 심해져서 덕배는 명필이가 교회가는 것을 방해하기까지 하였습니다. 명필이가 교회에서 예배하는 동안에 덕배는 밖에서 뻐꾸기 소리를 내면서 명필이를 불렀습니다. 그 소리는 덕배가 내는 소리라는 것을 명필이는 물론 동네사람들도 다 알았습니다. 명필이는 몇 번은 덕배의 부름에 못 이겨서 예배 도중에 자리를 뜨기도 하였습니다.

그러던 어느 날이었습니다. 모처럼 읍내에서 목사님이 오셔서 예배를 드리고 있는데 그날따라 덕배의 뻐꾸기 소리는 더욱 크고 집요하게 울어댔습니다. 명필이는 덕배의 호출을 무시하고 목사님의 설교를 듣는데 몰두하고 있었습니다. 화가 난 덕배는 드디어 일을 저지르고 말았습니다. 명필이를 빨리나오라고 던진 작은 돌멩이에 그만 예배당의 유리창이 박살이 나고 말았습니다.

(목사님의 설교 소리가 들리는 가운데 열심히 설교를 듣는 명필이의 모습이 보인다. 그 때 뻐꾸기 소리 들린다. 설교자는 보이지 않고 녹음된 설교로 대신한다.)


**덕배** / "뻐꾹, 뻐꾹, 뻐뻐꾹" … "뻐꾹, 뻐꾹, 뻐뻐꾹" … "뻐꾹, 뻐꾹, 뻐뻐꾹"

"아니 도대체 왜 안나오는 거야. 내 소리가 안들리나? 어디!"

(돌을 들어 살짝 던진다.)

"쨍그랑."(효과 음)

(예대당의 사람들, 웅성거린다. 명필이는 미안해서 어쩔 줄을 모른다.)

**명필이** / "죄송합니다. 죄송합니다."

(서서히 조명이 꺼졌다 켜진다. 그 사이 등장인물 바뀐다.)

## 3막 1장

**동네사람 1** / "저놈 누구여, 덕배 아녀? 저놈이 그렇게 못됐다며?"

**동네사람 2**(여자) / "글쎄 예배당 유리창을 박살냈대요."

**동네사람 1** / "아주 몹쓸놈이네, 그래 사람은 안다쳤대?"

**동네사람 2** / "그날 읍내에서 목사님이 오셨대요. 귀한 손님이 오셨는데 손님맞이가 그게 뭐여요. 우리 동네 망신도 이만저만이지. 그 목사님은 여기 저기 많이 다닌대요. 우리 동네 몹쓸 동네라고 소문 다 나겠네."

(동네사람들 퇴장한다.)

## 2장

**해설** / 그 후로 명필이와 덕배의 우정에는 금이 가기 시작했습니다. 사람들이 덕배를 보는 눈초리도 곱지 않았습니다. 교회에 다니지 않는 사람들도 모두들 덕배가 너무했다고 생각했습니다 심지어 어떤 이는 덕배가 귀신들렸다고까지 하였습니다. 그 일이 있은 후로 덕배는 점점 더 이상하게 변하였습니다. 그 놀기 좋아하고 순박한 덕배가 점점 난폭해졌습니다. 술 마시는 횟수도 많아지고 술에 취하면 동네 어른도 몰라보는 망나니가 되었습니다. 주일날은 물론 평소에도 예배당 근처에서 어슬렁거리며 예배당을 드나드는 사람들에게 빈정거리곤 하였습니다. 처녀아이들은 무서워서 혼자서는 예배당에 출입하기가 어려울 정도였습니다. 명필이는 덕배를 위하여 눈물로 기도했습니다. 그럭저럭 세월은 흘렀습니다.

(덕배 등장, 술에 많이 취해서 퇴장한 사람들을 향하여 소리 지른다.)

**덕배** / "어이, 영감님! 지금 내 욕하는 거요? 내 욕하는 놈은 그냥 안 둬 쌍! 에이, 심심한데 교회당이나 가 봐야겠다."

# 4막 1장

(예배당 근처, 산을 배경으로 소박하게 지어진 예배당이 있다.)

**소녀1** / "애, 늦겠다. 빨리 가자."

**소녀2** / "조심해, 덕배 아저씨 있나 살펴보면서 가야지. 덕배 아저씨 귀신들렸대."

**소녀1** / "뭐가 무서워? 예수님이 함께 하시는데. 또 귀신들렸으면 어때? '예수이름으로 물러가랏' 하면 되지."

(덕배, 소녀들의 앞을 가로막으며)

**덕배** / "네 요년들!"

**소녀1,2** / "엄마야!"(오던 길로 되돌아 도망 간다.)

**덕배** / (도망가는 소녀들을 향하여.) "예수 믿으면 밥을 주냐? 떡을 주냐? 돈을 주냐? 예수 믿느니 내 주먹을 믿어라. 요년들아."

(객석을 훑어보며)

"내가 여기 있으면 교회당에 한 놈도 얼씬 거리지 못할 걸. (큰소리로 웃는다.) 하하하."

## 5막 1장

**(예배당 배경에 앞에 비닐로 거칠게 흐르는 계곡물을 만든다.**

**계곡물 펄럭인다.)**

**해설/** 어느덧 덕배는 옛날의 그 순박하던 얼굴은 사라지고 지금은 험상궂은 얼굴로 변해 있었습니다. 명필이는 덕배의 악행을 속죄라도 하듯이 더욱더 열심히 교회에 다녔고 덕배가 저지르는 나쁜 일들에는 대신 사과하고 변상까지 하였습니다.

이렇게 여러 해가 흘렀습니다.

음력 6월 장마철이 되었습니다. 그해 장마는 참으로 지루하고 길었습니다. 어느 날 폭우가 쏟아지는 날이 있었습니다. 마침 주일날이 되었는데 개울물이 불어서 냇가를 가로지른 외나무다리 가까이 까지 물이 차올라 있어서 건너기에는 심히 두려움이 느껴질 정도였습니다. 그날도 덕배는 한 손에는 술병을 또 한 손에는 지게 막대기를 들고 물가에 앉아서 예배당으로 오는 사람들을 바라보며 욕설을 퍼붓고 돌을 던지곤 하였습니다.

**덕배**/ "야! 이놈들아, 하나님이 어디있냐? 예수가 다 뭐냐? 나를 믿어라, 나를 믿으면 막걸리 한 잔 사준다. 예수가 막걸리 주냐? 이놈들아. 하하하!"

"야! 이년들아. 너희들 예배당 왜 가냐? 연애하러 가냐? 예배당이 아니라 연애당이다."

(돌을 던지며)

"에이, 똥이나 먹어라!"

(돌을 던지다가 몸이 기울며 계곡물에 빠진다.)

**덕배**/ "어! 어! 사람 살려!, 어푸어푸, 사람 살려!"

(다급하게 소리칠 때, 누군가가 물에 뛰어든다. 명필이다. 두 사람이 함께 떠내려간다.)

**소녀1** 등장/ "어머! 큰일났네, 사람 살려요! 사람 살려요! 사람이 물에 빠졌어요. 사람 살려요!"

(동네사람들 모여든다.)

**동네사람1** / "아이구, 저걸 어째, 큰일났네. 큰일났어."

**동네사람2** / "아이구, 저게 누구여, 명필이하고 덕배 아녀 이거 큰일났네."

**동네사람3** / "너무 걱정하지 말어, 명필이는 살아날거여. 그렇게 하나님을 잘 믿는데 하나님이 분명히 살려 낼거여. 암, 그렇구 말구."

**동네사람1** / "이참에 저 덕배라는 놈은 아예 죽어버려야 되는디. 그나저나 어떡한댜, 계속 떠내려가네. 저걸 어째."

## 6막 1장

(허름한 교회당과 을씨년한 주변모습)

**해설**/ 그런데 이게 웬 일입니까. 결과는 정 반대로 일어나고 말았습니다. 명필이는 그냥 떠내려가 죽어버리고 덕배는 꾸역꾸역 살아서 올라온 것입니다. 온 마을 사람들의 충격은 이루 말할 수 없이 컸습니다. 살아나온 덕배는 그 후로는 더 의기양양해서 소리쳤습니다.

**덕배/** (덕배의 모습은 보이지 않고 목소리만 들린다.) "하나님이 어디 있어! 하나님을 믿느니 차라리 내 주먹을 믿어라. 하하하. 내가 하나님의 아들이다. 내가 예수다. 하하하."

**해설/** 마을사람들은 물론 교인들도 그 말에는 아무런 대꾸를 할 수 없었습니다. 오히려 그 말이 일리가 있다고 생각했습니다. 명필이가 죽고 덕배가 살아 나온 것은 하나님이 없다는 명백한 증거가 되었기 때문입니다. 이후로는 덕배가 교회 근처에서 어슬렁거릴 필요가 없었습니다. 교인들이 하나 둘씩 교회를 떠나고 급기야는 아무도 교회에 다니는 사람이 없게 되었기 때문입니다. 결국 교회는 문을 닫고 폐허가 되어버렸습니다.

**소녀 /** "아버지, 주일인데 교회 안 가요? 교회가고 싶어요.

찬송도 부르고 싶고 기도도 하고 싶어요."

**아버지/** "이제 교회 안 간다. 너도 가지 마라. 하나님은 없다. 명필이 죽은 것 봐라. 하나님이 계시다면 명필이가 죽었것냐? 그리고 하나님이 계시다고 해도 하나님은 우리를 도와주시지 않아."

"다 소용없어! 다 소용 없다구."

**어머니/** "아이구, 그래도 마음이 짠 해요. 우리라도 다닙시다. 우리도 안가면 교회에 다니는 사람 아무도 없어요."

**아버지/** "그러니까 더 가지 말자는 거여, 아무도 안 오는데 우리만 가면 뭐해."

**어머니/** "그건 그래요."

(모두 퇴장한다.)

**해설 /** 10년의 세월이 흘렀습니다. 명필이의 죽음은 사람들 기억 속에서 점차로 멀어져 갔습니다. 폐허가 된 예배당은 철없는 아이들에게는 유령의 집으로 알려져 두려움의 대상이 되었습니다. 덕배도 더 이상 못된 망나니가 아니었습니다. 더 이상 싸울 교인들이 없었기 때문입니다.

덕배에게는 아무에게도 말할 수 없는 비밀이 있습니다. 10년 전 물에 빠져 죽어 가는 명필이에 대한 기억입니다. 덕배가 본 명필이의 모습은 마치 천사의 모습과 같았습니다. 덕배를 바라보는 그의 눈은 참으로 안타까워하고 불쌍해서 어쩔 줄 모르는 바로 그러한 눈이었습니다. 그런데 오히려 그 눈빛이 덕배의 자존심을 건드렸습니다. 그래서 그는 아무에게도 그 이야기만은 하지 않은 채 10년의 세월이 흐른 것입니다. 10년의 세월은 참으로 많은 것을 변화 시켰습니다. 덕배의 마음에 명필이에 대한 그리움이 싹트기 시작한 것입니다.

(덕배 등장하여 독백한다.)

**덕배**/ "명필아, 보고 싶다. 정말로 보고 싶다. 그래도 너는 좋겠다. 너는 천당갔을 것 아니냐? 뭔지 몰라도 거기는 참 좋은 곳이라던데."

"그런데 말이다. 나도 교회에 다니고 싶었다. 그런데 쑥스러워서 못 갔어. 너 말고 누가 가자고 했으면 갔을 텐데, 아무도 나한테 교회가자고 한사람이 없었어. 그 때 유리창만

안 깨졌어도 교회에 다닐 수 있었는데. 그 유리창이 깨지는
바람에 그만, 흑흑흑."

(울먹이면서)

"하나님 왜 명필이를 죽이고 나를 살리셨습니까? 당신이
진짜 살아 계시다면 어찌 이런 일이 있을 수 있습니까? 마
땅히 제가 죽고 명필이가 살았어야 되는 것 아닙니까? 대
답 좀 해 보세요. 왜 명필이를 죽이고 나를 살리셨습니까"

(점점 어두워지며 조명이 꺼진다.)

(서서히 조명이 들어오면서)

**해설** / 덕배는 끈질기게 하나님께 물었습니다. 매일 물었
습니다. 울면서 묻고 화내면서 묻고 사정하면서 물었습니
다. 그러던 어느 날, 덕배에게 운명의 날이 다가왔습니다.
바로 하나님의 음성을 들은 것입니다. 그것이 꿈인지 생시
인지 모르겠습니다. 사람의 말소리인지 바람소리인지도
모르겠습니다. 어쨌든 그는 너무나도 분명하고 확실하게

하나님의 음성을 들었습니다.

(엎드려 있는 덕배에게 조명이 집중된다.)

**예수님의 목소리** / "너는 아직도 그것을 모르느냐 네 대신 명필이가 죽은거다. 어찌하여 그것을 모르느냐? 내가 세상 모든 이를 대신해서 죽었듯이 명필이는 너를 대신해서 죽은 것이니라."

(어깨를 들썩이면서 운다. 서서히 고개를 들고 큰 소리로 외친다.)

"하나님, 용서해 주세요."

### 7막

(말끔하게 단장된 예배당을 배경)

**해설**/ 덕배와 명필이의 모든 수수께끼를 한꺼번에 풀렸습니다. 아니 예수님의 비밀도 풀렸습니다. 그 후로 덕배는 명필이가 그리우면 폐허가 된 예배당으로 갔습니다. 덕배가 예배당에 드나들면서 예배당은 점차로 제 모습을 갖추어 가기 시작 하였습니다. 그리고는 어느 화창한 봄날 주일 아침, 예배당의 종소리가 울려 퍼졌습니다. 일터에서 일하던 마을사람들은 모두 일손을 멈추고 예배당 쪽을 바라보았습니다. 그리고 하나 둘씩 일손을 놓고는 예배당으로 달려가기 시작하였습니다. 예전에 교회에 다녔던 사람들은 벅찬 감격에 숨 차는 줄도 모르고 달렸습니다. 교회에 다니지 아니하였던 사람들도 호기심에 교회당으로 서둘러 발걸음을 옮겼습니다.

**명필이**((덕배가 아님)가 등장하여 눈물이 범벅되어 종 줄을 당긴다. "댕그렁, 댕그렁" 종소리가 계속 울린다. 동네 사람들이 하나 둘 몰려온다. 종치는 모습을 한참 바라본다. 그때 누군가의 입에서 가느다란 신음소리가 흘러나온다.)


"저건 덕배가 아니야 명필이야. 명필이가 다시 살아서 돌아온 것이야!"

# 뾰족한 돌 이야기

등장인물/ 멧돼지, 토끼, 곰, 사슴, 나그네, 기타(여우, 늑대 등)

배경/ 아주 먼 옛날 숲속 동물마을

## 1막

(숲속의 오솔길, 기기에 뾰족하게 솟아난 돌이 있다)

**해설/** 옛날, 숲 속 동물나라에 오솔길이 있었어요. 그 오솔길은 아주 평평하고 편안한 길이었어요. 그런데 길 한가운데에 뾰족한 돌이 하나 솟아올라 있었지요. 동물들은 편안하게 길을 가다가 그 돌에 걸려서 넘어지곤 했습니다.

**멧돼지** / "꿀꿀, 어디 뭐 먹을 것 없나? 아이고 배고파, 아무리 먹어도 배고프니. 정말 나는 돼지인가봐. 음, 오늘은 산넘어 노루아저씨 생일이라니 가면 먹을것좀 줄까? 빨리 가보자."

(서둘러 가다가 돌에 걸려 넘어진다. 툭툭 털고 일어나서)

"아이쿠, 이게 뭐야? 돌이잖아? 에이 바빠죽겠는데."

(힘껏 걷어찬다.)

"아이구 아야, 아이구 발이야, 아침부터 재수 되게 없네, 아이구 아야."

(절룩 거리며 멧돼지 퇴장, 잠시 조명이 어두워 졌다 밝아지면 서 토끼등장)

**토끼** / "산 토끼 토끼야 어디를 가느냐? 깡충깡충 뛰면서 어디를 가느냐?"

"가긴 어딜가? 도토리 점심 싸서 예배당 가지?"

(발랄하게 뛰어가다가 돌에 걸려 넘어진다. 코를 잡으며 일어

선다.)

"아이고 내코, 내 예쁜코, 이 피, 으앙 ~ 난 몰라. 나 집에 갈래 앙~"

(토끼 퇴장하고 잠시 조명이 어두워졌다 밝아지면서 곰이 등
    장)

곰 / (노래 부르며 등장한다. 나름대로 율동을 곁들여 노
래를 부른다.)"곰 세 마리가 한집에 있어 아빠곰, 엄마곰,
아기곰 아빠곰은 튼튼해 ···."

(노래를 마치고 돌을 밟는다. 큰 소리로 비명을 지른다.)

"악!, 아이고 발이야, 이돌 또 밟았네, 벌써 세 번째란 말이
야. 아이고 아파 나는 역시 미련한 가봐. 아이고 아파, 아이
고 발이야."

(다리를 절룩거리며 곰이 퇴장한다. 조명이 어두워졌다 밝아진
    다. 배경에 커다란 달력이 걸려 있다. 달력에는 "하루, 이틀, 사
    흘, 한달, 두 달, 일년, 이년 삼년, 백년, 이백년, 삼백년, 천년, 이
    천년, 삼천년을 써 놓고 해설자의 낭독에 맞추어 천천히 한 장

씩 떼어낸다. )

**해설자/** 이러한 일은 하루, 이틀, 사흘 계속되었어요.

이러한 일은 한 달, 두 달 계속되었어요.

이러한 일은 일년, 이 년, 삼년 계속되었어요.

이러한 일은 백년, 이백 년, 삼백년 계속되었어요.

이러한 일은 천년, 이천년, 삼천년 계속되었어요.

그래서

동물마을 어른들은 아기동물들에게 귀에 못이 박히게 주의를 주었습니다.

"길에 있는 그 뾰족하게 튀어나온 돌을 조심하라"고....


어떤 착한 사슴이 있었어요.

그 사슴은 동물들이 그 돌에 걸려 넘어져서 다치는 것이 너무너무 마음 아팠어요.

그래서 사슴은 매일매일 그 돌이 있는 곳에 와서 살면서 지나가는 동물들에게 돌을 조심하라고 일러주었어요.

# 2장

(사슴 등장하여 깊은 고민에 빠진다.)

**사슴**/ "아! 동물들이 너무 불쌍해, 내가 알기만도 벌써 몇 명째야, 저 돌 때문에 너무 많은 동물들이 다쳤단 말이야, 어떡하지? 그래 내가 희생해야겠어. 내가 동물들을 도와주어야지. 이제 아무도 다치지 않게 할 거야!" (잠시 퇴장 후 돗자리를 들고 와서 깔고 앉는다.)

(토끼가 깡충깡충 등장한다.)

**사슴**/ (다급하게 소리친다.) "조심하세요. 뾰족한 돌이 있습니다."

**토끼**/ (깜짝 놀라 주춤하며) "어휴, 큰일날 뻔 했네, 또 깜빡 했어요. 사슴아저씨 고마워요. 아저씨가 아니었더면 또 다칠 뻔 했어요. 정말 고마워요."(정성껏 인사하고 지나간다.)

(멧돼지가 꿀꿀거리며 등장하며 먹을 것을 찾는다.)

**사슴/** (다급하게 소리친다.) "멧돼지야 조심해, 뾰족한 돌이 있단다."

**멧돼지/** (깜짝 놀라 주춤하며) "어휴, 큰일날뻔 했네, 고마워요 사슴아저씨, 나는 항상 이렇게 덜렁거려요. 벌써 몇 번이나 다쳤는지 몰라요. 고맙습니다."

**사슴/** (밝게 웃으며) "이제는 걱정 안 해도 된다. 앞으로 내가 쭉 여기에서 주의를 줄게."

(형편이 되는 대로 여러 동물들이 등장하고 사슴은 주의를 준다. 대사 없이 진행해도 좋다.)

## 2막 1장(동물마을)

(사슴 아저씨가 동물마을에 나타났다. 여러 동물들이 와서 인사한다. 마을 공용 스피커에서 표창장 수여 소식이 방송된다. 방송이 진행되는 동안 여러 동물들과 사슴 아저씨가 인사를 나누고 환담을 나눈다.)

**스피커/** "아! 아! 마이크 시험 중, 훅 훅 훅!, 아, 잘되는 구먼.

에~. 동물마을 여러분께 알려 드립니다. 오늘 시청 앞 광장에서 우리 동물마을의 호랑이 시장님이 착한 사슴 아저씨에게 표창장을 수여 했습니다. 많은 마을 동물들께서 참여하시어 축하해 주셨습니다.

에~. 다시 한번 알려 드립니다. 에~ 오늘 시청 앞 광장에서 우리 동물마을의 호랑이 시장님이 착한 사슴 아저씨에게 표창장을 수여 했습니다. 많은 동물들께서 참여하시어 축해해 주셨습니다. 이상 동물마을 방송실에서 알려 드렸습니다."

### 3막 1장 (뾰족한 돌이 있는 숲속 오솔길)

(사슴 아저씨가 앉아 있는 가운데 눈이 오고, 바람이 불고, 천둥 번개가 치고 새가 울고 함으로 세월이 많이 흐름을 나타낸다. 잠시 어두워졌다 밝아지며 하얀 수염을 단 사슴할아버지가 자리에 앉아 있다. 남루한 옷차림에 지친모습의 나그네가 나타난다.)

**나그네**/ (뾰족한 돌 가까이 와서) "아! 참으로 먼 거리를 왔구나, 내가 집을 떠난지도 10이나 되었지. 부모님은 살아 계실까? 아내는 건강하겠지? 아이들은 많이 컷겠구만. 아! 언제나 고향에 돌아갈 꼬!"

**사슴 할아버지/** "돌을 조심하세요, 너무나 많은 동물들이 그 돌에 걸려 넘어져 다쳤답니다."

**나그네/** "고맙습니다. (사슴과 돌을 번갈아 보며) 그런데 당신은 왜 여기에 앉아 있지요?"

**사슴/** (자랑스럽게 말한다.) "그야 동물들이 돌에 걸려 넘어지지 않게 하기 위해서지요, 아주 옛날부터 수많은 동물들이 이 돌에 걸려 넘어져 다쳤답니다. 그 수는 헤아릴 수 없이 많았지요. 그런데 내가 이곳에 앉아 주의를 준 이후로는 어느 누구도 넘어져 다치지 않았답니다"

(나그네는 잠시 생각에 잠기더니 그냥 지나쳐 간다. 잠시 후 나그네는 손에 쇠망치와 정을 들고 나타나서 돌을 쪼기 시작한다. 사슴할아버지 매우 당황한다.)

"쿵쾅쿵쾅"

(숲 속 나라 동물들이 모여든다.)

**동물들/** "이게 무슨 소리야, 어! 저사람 뭐하는 거지?"

**해설자/** 잠시 후 뾰족한 돌은 흔적도 없이 사라지고 말았습니다.

아주 오랫동안 동물들을 괴롭혀온 그 돌이 순식간에 사라진 것이었습니다.

그런데 아주 이상한 일이 일어났습니다. 기쁘고 즐거워해야 할 동물들이 그 나그네를 이상한 눈으로 바라보는 것이었습니다.

특히 사슴할아버지는 매우 분해하면서 소리쳤습니다.

**사슴할아버지/** "저놈을 잡아라, 저놈이 우리의 신성한 돌을 깨뜨렸다 !"

(동물들은 우르르 나그네에게 달려들어 마구 때린다. 나그네는 피투성이가 되어 쓰러진다. 동물들은 나그네를 마을 밖으로 내다 버린다.)

# 3막 2장

(숲속 길에 동물들이 모여서 서성거린다. 사슴할아버지 등장하
자 동물들이 모두 인사한다.)


**사슴할아버지/** "어서 빨리 전에 것보다 더 크고 뾰족한 돌
을 구해다가 그곳에 다시 두어야 합니다… 어서 서두르시
오, 어서!"

(동물들은 모두 고개를 끄덕인다. 잠시 후 전에 보다 훨씬 더 크
고 뾰족한 돌을 구해다가 그곳에 둔다. 사슴 할아버지 매우 만
족해한다. 동물들도 모두 좋아한다. 사슴 할아버지는 다시 자
리에 앉고 동물들은 모두 사슴할아버지에게 인사하고 돌아간
다.)

(장엄한 음악과 함께 긴 세월이 흐른다. 눈이오고, 바람이 불고,
천둥 번개가 치고, 새가운다. 사슴할아버지 여전히 그 자리에
앉아 있다.)


**해설/** 아주 오랜 세월동안 사슴할아버지는 그곳에 앉아

있습니다. 그리고는 여전히 지나가는 동물들에게 "돌에 걸려 넘어지지 않게 조심하시오."

그 할아버지의 손자, 그 손자의 또 손자, 그 손자의 손자의 손자가 오늘날에도 그 길에 앉아있습니다.

그리고 지나는 동물들에게 말합니다.


"돌에 걸려 넘어지지 않게 조심하시오".